O JOGADOR DESAPARECIDO

E OUTRAS AVENTURAS

Arthur Conan Doyle

O JOGADOR DESAPARECIDO

E OUTRAS AVENTURAS

Tradução de Antonio Carlos Vilela

≋ Editora **Melhoramentos**

Editora Melhoramentos

Doyle, Arthur Conan
  O jogador desaparecido e outras aventuras / Arthur Conan Doyle;
tradução Antonio Carlos Vilela. 2.ed. São Paulo: Editora Melhoramentos,
2013. (Sherlock Holmes)

  Título original: *The return of Sherlock Holmes... missing three-quarter*
  ISBN 978-85-06-07174-8

  1. Literatura juvenil. 2. Ficção policial. I. Vilela, Antonio Carlos.
II. Título. III. Série.

13/092   CDD 869.8

Índices para catalogo sistemático:
  1. Literatura juvenil em português 869.8
     2. Literatura juvenil 809.8
  3. Ficção policial - Literatura inglesa 820

Edição revisada conforme o Acordo Ortográfico da Língua Portuguesa

Título original em inglês: *The return of Sherlock Holmes... missing three-quarter*
Tradução: Antonio Carlos Vilela
Ilustrações: NW Studio
Capa (Projeto Gráfico): Rex Design

Direitos de publicação:
© 2001 Cia. Melhoramentos de São Paulo
© 2002, 2013 Editora Melhoramentos Ltda.
Todos os direitos reservados.

2.ª edição, 11.ª impressão, fevereiro de 2020
ISBN 978-85-06-07174-8

Atendimento ao consumidor:
Caixa Postal 729 – CEP 01031-970
São Paulo – SP – Brasil
Tel.: (11) 3874-0880
www.editoramelhoramentos.com.br
sac@melhoramentos.com.br

Impresso no Brasil

ÍNDICE

CHARLES AUGUSTUS MILVERTON 7

OS SEIS NAPOLEÕES 23

OS TRÊS ALUNOS 41

O PINCENÊ DE OURO 57

O JOGADOR DESAPARECIDO 77

O MISTÉRIO DE ABBEY GRANGE 95

A SEGUNDA MANCHA 115

CHARLES AUGUSTUS MILVERTON

Os fatos que relato a seguir ocorreram há anos. Mesmo assim, é com certo constrangimento que volto a falar neles. Durante muito tempo, foi impossível torná-los públicos, mesmo com a maior discrição e reticência. Mas agora a principal pessoa envolvida está fora do alcance da justiça humana, e, com as devidas reservas, a história poderá ser contada sem magoar ninguém. Ela registra uma experiência única na carreira de Sherlock Holmes, bem como na minha. Peço que o leitor me perdoe por ocultar a data e outros detalhes que poderiam identificar as pessoas envolvidas.

Holmes e eu tínhamos saído para um de nossos passeios vespertinos e acabáramos de retornar às seis da tarde de um inverno muito frio. Quando Holmes acendeu a luminária, sua luz incidiu sobre um cartão de visita que estava em cima da mesa. Holmes deu uma olhada e, soltando uma exclamação de repugnância, jogou-o no chão. Peguei-o e li:

Charles Augustus Milverton
Appledore Towers
Agente Hampstead

– Quem é ele? – perguntei.
– O pior homem de Londres – respondeu Holmes, sentando-se e esticando as pernas na frente da lareira. – Tem algo escrito no verso?
Virei-o e li em voz alta.
– "Estarei aí às seis e trinta. C.A.M."
– Hum! Já está para chegar. Watson, você não tem uma sensação de apreensão e pavor quando está diante da gaiola das serpentes, no zoológico, e vê aquelas criaturas venenosas deslizando e sibilando, com seus olhos mortais e cabeças achatadas? Bem, é essa a sensação que Milverton me causa. Já lidei com mais de cinquenta assassinos na minha carreira, mas o pior deles nunca me provocou a mesma repulsa que esse sujeito. Ainda assim, não posso evitar de fazer negócios com ele. Na verdade, veio aqui porque o convidei.

– Mas quem é ele, afinal?

– Pois vou lhe contar, Watson. Ele é o rei dos chantagistas. Que Deus ajude o homem e principalmente a mulher cujos segredos e reputação caiam nas mãos de Milverton. Com um sorriso no rosto e um coração de pedra, ele vai espremer e espremer sua vítima até secá-la completamente. É um gênio à maneira dele, e teria deixado sua marca em qualquer negócio mais respeitável. Seu método é o seguinte: faz saber que está disposto a pagar altas quantias por cartas que comprometam pessoas ricas ou influentes. Ele recebe esse material não apenas de criadas e empregados que traem seus patrões, mas frequentemente de rufiões que conquistam a confiança e o afeto de mulheres. Milverton não é mesquinho em seus negócios. Eu soube que pagou setecentas libras a um mensageiro por um bilhete de apenas duas linhas que resultou na ruína de uma família nobre. Tudo que está nas ruas chega até ele, e existem centenas de pessoas nesta grande cidade que empalidecem ao ouvir seu nome. Ninguém sabe onde atacará, pois é muito rico e muito esperto para buscar resultados imediatistas. Milverton pode segurar um trunfo durante anos, até usá-lo no momento em que valer mais. Eu disse que ele é o pior homem de Londres. Pois bem, poderia alguém que mata outra pessoa quando o sangue lhe sobe à cabeça ser comparado a esse homem, que metódica e arbitrariamente tortura a alma e dilacera os nervos de suas vítimas apenas com o propósito de aumentar sua já enorme fortuna?

Raramente ouvi Sherlock Holmes falar de forma tão acalorada.

– Mas certamente ele tem complicações com a lei...

– Tecnicamente, sem dúvida, mas na prática não. Que mulher, por exemplo, estaria disposta a vê-lo passar alguns meses na prisão em troca de sua ruína imediata? As vítimas dele não ousam reagir. Se algum dia chantagear uma pessoa inocente, então o pegaremos, mas ele é astuto como o diabo. Não, não, precisamos encontrar outra forma de combatê-lo.

– E por que ele vem aqui?

– Porque uma cliente ilustre colocou seu problema em minhas mãos. Trata-se de *Lady* Eva Brackwell, a mais linda debutante da última temporada. Ela está para se casar dentro de duas semanas com o Conde de Dovercourt. Aquele demônio tem diversas cartas imprudentes da moça, escritas a um fidalgo pobre do interior. São apenas imprudentes, Watson, mas seriam o bastante para acabar com o casamento. Milverton enviará as cartas ao conde, a menos que receba uma grande soma em dinheiro. Estou encarregado de falar com ele e negociar as melhores condições que conseguir.

Naquele instante ouvimos cascos e o ranger de rodas na rua. Olhando para baixo, vi uma carruagem majestosa e uma parelha de belíssimos cavalos. Um lacaio abriu a porta pela qual desceu um homenzinho gordo, usando um felpudo casaco de astracã. Um minuto depois, ele estava em nossa sala.

Charles Augustus Milverton tinha cerca de cinquenta anos, uma grande cabeça de intelectual, rosto redondo e um perpétuo sorriso. Seus agudos olhos cinzentos brilhavam vivamente por trás dos grossos óculos de armação de ouro. Sua aparência tinha um pouco da benevolência do Sr. Pickwick da obra de Dickens. Mas o sorriso congelado e o brilho duro dos olhos malévolos negavam essa impressão. Sua voz ecoou tão suave quanto sua aparência quando veio na nossa direção, estendendo a mão gorducha e lamentando não nos ter encontrado em sua primeira visita. Holmes ignorou a mão estendida e olhou para ele com o rosto rígido. O sorriso de Milverton se ampliou. Ele deu de ombros, tirou o casaco, dobrou sobre o espaldar da poltrona e se sentou.

– E este cavalheiro? – disse ele, apontando para mim. – É discreto? Não haverá problema?

– O Dr. Watson é meu amigo e sócio.

– Muito bem, Sr. Holmes. Falei apenas no interesse de sua cliente. O assunto é tão delicado...

– O Dr. Watson já está a par da situação.

– Então vamos aos negócios. O senhor disse que representa *Lady* Eva. Ela lhe deu permissão para aceitar minhas condições?

– Quais são elas?

– Sete mil libras.

– E qual é a alternativa?

– Meu caro senhor, dói-me na alma ter de discutir isso. Mas, se o dinheiro não for pago até o dia 14, com certeza não haverá casamento no dia 18 – disse Milverton, com um sorriso mais complacente que nunca.

Holmes refletiu por um instante.

– O senhor me parece muito seguro de si – disse ele afinal. – É claro que sei o que dizem as cartas. Minha cliente certamente fará o que eu aconselhar, e eu lhe direi para contar toda a verdade ao futuro marido e confiar em sua generosidade.

Milverton riu.

– O senhor evidentemente não conhece o conde – disse ele.

Pela expressão desconcertada de Holmes, percebi claramente que ele o conhecia.

– Que mal podem fazer essas cartas? – perguntou.

– Elas são vivas, muito vivas – respondeu Milverton. – A moça era uma correspondente encantadora. Mas garanto-lhe que o Conde de Dovercourt não apreciaria seus talentos literários. Mas, já que o senhor pensa de outro modo, vamos deixar tudo como está. É só uma questão de negócios. Se acredita que o melhor para sua cliente é que as cartas sejam enviadas ao conde, então seria muita tolice pagar uma grande quantia para reavê-las.

Milverton se levantou e pegou o casaco de astracã. Holmes estava branco de raiva e aflição.

— Espere um minuto — disse. — Está indo rápido demais. Certamente faremos qualquer esforço para evitar um escândalo em assunto tão delicado.

Milverton voltou ao seu lugar.

— Tinha certeza de que adotaria esse ponto de vista — ronronou.

— Mesmo assim — continuou Holmes —, *Lady* Eva não é rica. Eu lhe asseguro que duas mil libras já seriam o bastante para esgotar seus recursos e que a quantia que o senhor estipulou está muitíssimo além do que ela pode obter. Peço-lhe, portanto, que modere sua exigência e devolva as cartas pelo preço que acabo de sugerir, que é, tenha certeza, o máximo que conseguirá.

O sorriso de Milverton alargou-se ainda mais e seus olhos brilharam bem-humorados.

— Estou ciente de que é verdade o que diz sobre os recursos da moça. Ao mesmo tempo, o senhor tem de admitir que o casamento é uma ocasião muito propícia para que seus amigos e parentes façam uma pequena contribuição em seu benefício. Eles talvez estejam hesitantes quanto ao presente mais adequado e precisam saber que esse pequeno maço de cartas daria a *Lady* Eva mais alegria do que todas as travessas e faqueiros de prata de Londres.

— Isso é impossível — disse Holmes.

— Ora, ora, que infelicidade! — exclamou Milverton, tirando do bolso uma volumosa agenda. — Só consigo pensar que essas senhoras não têm sido bem aconselhadas, pois não estão se esforçando. Veja isto! — e mostrou um bilhete com um brasão no envelope. — Pertence a... Bem, talvez não seja justo revelar seu nome antes de amanhã de manhã. Mas a essa altura estará nas mãos do marido desta senhora, e tudo porque ela não quis providenciar uma quantia ínfima, que conseguiria em menos de uma hora se vendesse seus diamantes. É uma pena. O senhor se lembra do repentino fim do noivado entre a honrada Srta. Miles e o Coronel Dorking? Apenas dois dias antes do casamento apareceu uma nota no *Morning Post* cancelando-o. E por quê? Parece incrível, mas a irrisória quantia de mil e duzentas libras teria resolvido o assunto. Não é uma pena? E aqui está o senhor, um homem de bom senso, hesitando diante das minhas condições, quando o futuro e a honra de sua cliente estão em risco. O senhor me surpreende, Sr. Holmes.

— É verdade o que estou dizendo — respondeu Holmes. — Minha cliente não pode levantar tanto dinheiro. Certamente é melhor para o senhor aceitar a quantia substancial que lhe estou oferecendo do que arruinar a vida dessa mulher, o que não lhe traria nenhum lucro.

— Aí é que se engana, Sr. Holmes. Um escândalo me beneficiaria consideravelmente. Tenho entre oito e dez casos semelhantes em negociação. Se as pessoas envolvidas ficarem sabendo que fui inflexível com *Lady* Eva, ficarão muito mais razoáveis. Compreende o que digo?

Holmes deu um salto de sua cadeira.

— Fique atrás dele, Watson! Não o deixe fugir! Agora, meu senhor, deixe-nos ver o conteúdo dessa agenda.

Milverton escapou rápido como um rato para o canto da sala e ficou encostado na parede.

— Sr. Holmes, Sr. Holmes — disse, abrindo o paletó para mostrar a coronha de um grande revólver que se projetava do bolso interno. — Esperava que o senhor fizesse algo mais original. Isso acontece com tanta frequência, e com que benefício? Estou armado até os dentes e sei muito bem como usar minhas armas, ciente de que a lei estaria do meu lado. Além disso, sua suposição de que eu traria as cartas aqui, dentro de uma agenda, é totalmente errada. Eu não faria nada tão tolo. E agora, cavalheiros, ainda tenho uma ou duas reuniões esta noite, e o caminho é longo até Hampstead.

Ele se adiantou com a mão no revólver, pegou o casaco e foi para a porta. Cheguei a erguer uma cadeira para atacá-lo, mas Holmes me fez um sinal e eu a recoloquei no chão. Com uma reverência, um sorriso e uma piscada, Milverton saiu de nossa sala, e alguns minutos depois ouvimos a porta da carruagem batendo e o ranger das rodas enquanto o veículo se afastava.

Holmes ficou sentado, imóvel, perto da lareira, com as mãos enfiadas nos bolsos da calça, o queixo enterrado no peito e os olhos fixos nas chamas. Durante meia hora permaneceu em silêncio e imóvel. Então, parecendo ter tomado uma decisão, pôs-se de pé e foi para o quarto. Pouco depois, saiu dali como um operário bem-arrumado, de cavanhaque e andar afetado, acendendo seu cachimbo na chama da luminária antes de descer para a rua.

— Vou voltar tarde, Watson — disse ele, desaparecendo na noite.

Entendi que ele iniciara sua campanha contra Charles Augustus Milverton, mas eu mal sonhava com o estranho rumo que essa campanha iria tomar.

Durante alguns dias, Holmes saía e voltava usando aquele disfarce. Ele me dizia que ia para Hampstead e não estava desperdiçando seu tempo, mas eu não fazia ideia do que acontecia. Finalmente, numa noite tempestuosa, em que o vento soprava e gritava contra a janela, ele voltou de sua última expedição e, depois de retirar o disfarce, sentou-se diante da lareira, rindo com vontade.

– Você diria que sou do tipo que se casa, Watson?
– Claro que não!
– Então gostará de saber que estou noivo.
– Meu caro amigo! Parab...
– Da empregada de Milverton.
– Bom Deus, Holmes!
– Eu precisava obter informações, Watson.
– Mas você foi longe demais.
– Era necessário. Agora sou um encanador com negócios em ascensão, chamado Escott. Tenho saído com ela todas as noites. Bom Deus, cada conversa! Contudo, consegui tudo o que queria. Conheço a casa de Milverton como a palma da minha mão.
– Mas e a garota, Holmes?
Ele deu de ombros.
– Não posso fazer nada, meu caro Watson. Precisamos jogar com as cartas que temos, quando a aposta é tão alta. Mas fico feliz em dizer que tenho um odiado rival que certamente me substituirá no momento em que eu virar minhas costas. Que noite esplêndida!
– Com esse tempo?
– Atende a meus objetivos, Watson. Pretendo invadir a casa de Milverton esta noite.

Fiquei sem fôlego e gelei diante daquelas palavras pronunciadas tão calmamente e em tom de absoluta determinação. Da mesma forma que um relâmpago ilumina todos os detalhes de uma grande paisagem, num instante compreendi todas as consequências possíveis daquela ação – a descoberta, a captura, a honrada carreira terminando em desgraça, meu amigo à mercê do odioso Milverton.

– Pelo amor de Deus, Holmes, pense no que está fazendo.
– Meu caro amigo, já considerei todas as possibilidades. Nunca me precipito, nem adoto medidas tão enérgicas e perigosas se houver alternativas. Vamos analisar a questão com clareza e imparcialidade. Suponho que você julgue a ação moralmente justificável, embora tecnicamente seja um crime. Assaltar a casa dele não é pior do que roubar sua agenda, algo que você estava pronto para me ajudar a fazer.

Considerei o argumento.

– Sim – disse eu –, é moralmente justificável desde que só peguemos os objetos que ele usa para fins ilegais.

– Exatamente. Já que é moralmente justificável, só tenho que considerar a questão do risco pessoal. Certamente um cavalheiro não hesitaria diante disso quando uma dama precisa desesperadamente de sua ajuda...

– Você estará numa posição muito delicada.

– Vou correr o risco. Não há outra forma de reaver essas cartas. A infeliz não possui o dinheiro e não pode se abrir com parentes e amigos. Amanhã é o último dia do prazo e, a menos que possamos pegar as cartas esta noite, o canalha cumprirá sua promessa e arruinará nossa cliente. Portanto, tenho de escolher entre abandoná-la ao seu destino ou jogar esta última cartada. Cá entre nós, Watson, é um duelo e tanto entre mim e Milverton. Como você viu, ele levou a melhor no primeiro *round*. Mas meu amor-próprio e minha reputação querem levar a luta até o fim.

– Bem, não gosto disso, mas acho que tem de ser assim – respondi. – Quando começamos?

– Mas você não vai.

– Então você também não vai – disse eu. – Dou-lhe minha palavra de honra, e nunca a quebrei na vida, de que pegarei a primeira carruagem e irei direto até a delegacia de polícia para entregar você, a menos que me deixe participar desta aventura.

– Você não vai poder me ajudar.

– Como pode dizer isso? Não sabe o que vai acontecer. De qualquer forma, minha resolução está tomada. Outras pessoas além de você também têm amor-próprio e uma reputação a zelar.

Holmes primeiro pareceu aborrecido, mas depois seu rosto se desanuviou e ele acabou dando uma batidinha em meu ombro.

– Ora, ora, meu caro amigo, que assim seja. Dividimos o mesmo apartamento há alguns anos, e seria divertido se acabássemos dividindo a mesma cela. Sabe, Watson, não me importo em confessar a você que sempre achei que eu teria sido um criminoso muito eficiente. Esta é a chance da minha vida para comprová-lo. Veja isto! – Ele abriu um belo estojo de couro e me mostrou diversas ferramentas reluzentes. – Este é um *kit* de arrombamento classe A, atualizadíssimo: chave mestra, cortador de vidro com ponta de diamante e tudo o mais que a marcha da civilização exige. Aqui está também minha lanterna de espião. Tudo funcionando perfeitamente. Você teria um par de sapatos silenciosos?

– Tenho sapatos para tênis, com sola de borracha.

– Ótimo. E quanto a uma máscara?

– Posso fazer duas delas com seda preta.

– Vejo que você tem um talento especial para a coisa. Muito bem, então você faz as máscaras. Vamos comer um lanche antes de sair. Agora são nove e meia. Às onze iremos até Church Row. De lá é uma caminhada de quinze minutos até Appledore Towers. Começaremos a trabalhar antes da meia-noite. Milverton tem sono pesado e vai dormir todos os dias pontualmente às dez e meia. Com um pouco de sorte, estaremos de volta às duas, com as cartas de *Lady* Eva no bolso.

Holmes e eu nos vestimos de modo a parecermos dois cavalheiros voltando do teatro. Na Rua Oxford pegamos um cabriolé até um endereço em Hampstead. Lá pagamos o condutor e, com os casacos abotoados até o pescoço, pois o frio era intenso e o vento parecia atravessar nossos corpos, caminhamos pela beira do Heath.

– Isto é algo que precisa ser tratado com muita delicadeza – disse Holmes. – Os documentos ficam num cofre no escritório do canalha. O escritório é uma antessala de seu dormitório. Por outro lado, como todos esses homenzinhos gordos que se tratam muito bem, ele é um dorminhoco e tanto. Agatha, minha noiva, disse que os empregados caçoam dizendo ser impossível acordar o patrão. Ele tem um secretário, bastante fiel, que não se afasta do escritório o dia todo. É por isso que estamos vindo à noite. Além disso, ele tem um cachorro feroz que vigia o jardim. Eu me encontrei com Agatha bem tarde nas duas últimas noites, de modo que ela tem trancado o cachorro para que eu tenha trânsito livre. Aquela é a casa, aquela grande, afastada das outras. Vamos passar pelo portão... Agora para a direita, entre os arbustos. Creio que devemos colocar nossas máscaras. Veja, nenhuma luz acesa na casa. Tudo está indo muito bem.

Com nossas máscaras de seda preta, que nos faziam parecer duas das figuras mais truculentas de Londres, caminhamos furtivamente até a casa silenciosa e escura. Havia uma espécie de varanda que se estendia ao longo de um dos lados da casa, no qual se alinhavam várias janelas e duas portas.

– Aquele é o quarto de Milverton – sussurrou Holmes. – Esta porta dá para o escritório. Seria ideal, mas tem trancas e cadeados, e faríamos muito barulho para abri-la. Venha comigo. Há uma estufa que dá para a sala de visitas.

A estufa estava trancada, mas Holmes abriu um círculo no vidro, introduziu a mão e girou a chave que estava por dentro. Logo depois, fechávamos a porta atrás de nós, tornando-nos, assim, criminosos aos olhos da justiça. O ar denso e a fragrância de plantas exóticas nos fez engasgar. Em meio à escuridão, Holmes me pegou pelo braço e me guiou com rapidez entre arbustos que batiam contra nossos rostos.

Holmes tinha o notável dom, cuidadosamente cultivado, de enxergar no escuro. Ainda segurando meu braço, ele abriu uma porta. Entramos, e tive a vaga consciência de que entrávamos numa sala grande, onde alguém havia fumado um charuto não muito tempo antes. Holmes foi tateando a mobília em busca de um caminho, depois abriu outra porta e a fechou atrás de nós. Com a mão, senti diversos casacos pendurados na parede e percebi que estávamos num corredor, que logo atravessamos. Holmes abriu cuidadosamente uma porta à direita. Algo passou correndo por nós e meu coração veio parar na boca, mas quase ri ao ver que se tratava de um gato. A lareira estava acesa nesse quarto, e novamente o ar estava pesado com o cheiro de fumo. Holmes entrou na ponta dos pés, esperou que eu o seguisse e fechou a porta suavemente. Estávamos no escritório de Milverton, e um portal na parede oposta indicava a entrada de seu dormitório.

O fogo estava alto, iluminando toda a sala. Junto à porta vi o brilho de um interruptor elétrico, mas era desnecessário ligá-lo, ainda que fosse seguro. De um dos lados da lareira uma cortina pesada cobria a janela que víramos do lado de fora. Do outro lado ficava a porta que se abria para a varanda. No centro do escritório havia uma escrivaninha com cadeira giratória de couro vermelho. Em frente, uma prateleira ostentava um busto de mármore de Atena. No canto, entre a estante e a parede, um grande cofre verde refletia a luz do fogo em suas polidas maçanetas de bronze. Holmes aproximou-se dele com cautela e o examinou. Depois rastejou até a porta do dormitório e parou com a cabeça inclinada, ouvindo atentamente. Nenhum ruído vinha lá de dentro. Enquanto isso, ocorreu-me que seria uma boa ideia garantir nossa fuga através da porta da varanda, e decidi examiná-la. Para meu espanto, não estava trancada nem tinha cadeados! Toquei o braço de Holmes e ele virou o rosto mascarado naquela direção. Estremeceu e vi que estava tão surpreso quanto eu.

— Não gosto disso — sussurrou, bem dentro do meu ouvido. — Mas não sei o que pensar. Não temos tempo a perder.

— Posso fazer alguma coisa?

— Pode. Fique junto da porta. Se ouvir alguém se aproximando, tranque por dentro e nós poderemos fugir por onde viemos. Se vierem pelo outro lado, escapamos pela porta, se nossa tarefa estiver concluída. Caso contrário, nos escondemos atrás da cortina. Compreendeu?

Sinalizei que sim com a cabeça e me posicionei junto à porta. Minha primeira sensação de medo passara, e eu estava mais entusiasmado como transgressor da lei do que quando éramos seus defensores. Os objetivos elevados de nossa missão, a consciência de que era uma atitude desprendida e cavalheiresca, a canalhice de nosso oponente, tudo se somava para animar a aventura. Em vez de me sentir culpado, eu exultava com o perigo. Com admiração, observei Holmes desenrolar o estojo de ferramentas e escolher seu instrumento com a calma e a precisão científica de um cirurgião durante uma operação delicada. Eu sabia que abrir cofres era um de seus passatempos e compreendi a alegria que lhe dava o confronto com aquele monstro verde e dourado, o dragão que mantinha em seu estômago a reputação de tantas mulheres honestas. Arregaçando as mangas do paletó – ele já colocara o casaco sobre uma cadeira –, Holmes depositou as ferramentas à sua frente. Fiquei junto à porta central e de olho nas outras duas, pronto para uma emergência, embora, na verdade, não soubesse muito bem o que fazer caso fôssemos interrompidos. Holmes trabalhou com afinco por cerca de meia hora, trocando de instrumento de vez em quando e manuseando cada um deles com a perícia e delicadeza de um mecânico bem treinado. Finalmente ouvi um clique, e a grande porta verde se abriu, revelando grande quantidade de pacotes, todos amarrados, selados e identificados. Holmes escolheu um deles, mas era difícil ler sob a luz bruxuleante da lareira e muito perigoso acender a luz elétrica com Milverton dormindo no quarto ao lado. Então Holmes apanhou sua lanterninha, mas estancou de repente e ficou escutando com atenção. Em seguida, encostou rapidamente a porta do cofre, pegou seu casaco, meteu as ferramentas nos bolsos e correu para trás da cortina, sinalizando para que eu o acompanhasse.

Somente depois de me juntar a ele no esconderijo foi que ouvi o que alarmara seus aguçados sentidos: havia um barulho em algum lugar da casa. Uma porta bateu a distância, e então um murmúrio confuso se transformou em passos pesados aproximando-se rapidamente. Alguém vinha pelo corredor que levava ao escritório, parou junto à porta e a abriu. Um estalido, e a luz elétrica foi acesa. A porta se fechou, e um forte aroma de charuto chegou às nossas narinas. Então os passos continuaram, para um lado e para o outro, a poucos metros de nós. Finalmente, uma cadeira rangeu e os passos cessaram. Depois uma chave girou na fechadura e eu ouvi o farfalhar de papéis.

Até aquele momento eu não tinha me arriscado a olhar. Então abri com cuidado a fenda entre as cortinas e espiei. Pela pressão do ombro de Holmes contra o meu, percebi que ele também olhava. Bem à nossa frente e quase ao nosso alcance, estavam as costas redondas e largas de Milverton. Evidentemente, tínhamos calculado muito mal os seus movimentos, já que ele nunca estivera em seu dormitório, mas sim em alguma sala de estar ou de jogos na outra ala da casa, cujas janelas não tínhamos observado. Sua imensa cabeça grisalha, com a calva brilhando, estava bem no nosso campo de visão. Milverton estava totalmente esparramado em sua cadeira de couro vermelho, as pernas esticadas e um charuto enfiado no canto da boca. Usava um paletó caseiro vermelho-claro, com colarinho de veludo. Tinha nas mãos um documento extenso, que lia indolentemente, soprando anéis de fumaça ao mesmo tempo. Tudo parecia indicar que ele jamais sairia daquela posição tão confortável.

Senti a mão de Holmes alcançar a minha com um aperto tranquilizador, como que para dizer que a situação estava sob controle e que ele se sentia seguro. Não sei se Holmes tinha notado, mas da posição em que eu estava via claramente que a porta do cofre não estava bem fechada, e Milverton poderia reparar nisso a qualquer momento. Eu já tinha me decidido sobre o que fazer caso percebesse que o chantagista descobrira o cofre aberto. Pularia sobre ele, cobrindo sua cabeça com meu sobretudo, e deixaria o resto com Holmes. Mas Milverton não tirava os olhos do documento que tinha em mãos. Lia-o sem pressa, virando página após página sossegadamente. Pelo menos, pensei, quando ele terminar a leitura e o charuto, vai para o quarto. Porém, antes que isso ocorresse, um memorável desdobramento mudou o rumo dos fatos.

Observei que Milverton consultara o relógio diversas vezes, e numa delas levantou-se e se sentou novamente, num gesto de impaciência. Contudo, não me ocorrera que ele tivesse um encontro numa hora tão absurda, até que ouvi um ruído surdo vindo da varanda. O chantagista deixou os papéis de lado e se aprumou na poltrona. O som se repetiu e então ouvi uma leve batida na porta. Milverton levantou-se para abri-la.

– Bem – disse ele, secamente –, você está quase meia hora atrasada.

Então era essa a explicação para a porta destrancada e para sua vigília noturna. Ouvimos o farfalhar de um vestido. Eu tinha fechado a fenda entre as cortinas quando Milverton olhou em nossa direção, mas arrisquei-me a abri-la novamente. Ele voltara à sua poltrona, ainda com o charuto caído insolentemente no canto da boca. À sua frente, totalmente iluminada pela luz elétrica, estava uma mulher alta e magra, com um véu sobre o rosto e um xale cobrindo-lhe a boca. Estava ofegante, e cada centímetro de seu corpo tremia de emoção.

– Bem – disse Milverton –, você me fez perder uma boa noite de sono, querida. Espero que valha a pena. Não podia vir em outra hora, não é mesmo?

A mulher balançou a cabeça.

– Se não podia, não podia. Se a condessa for uma má patroa, esta é a sua chance de vingança. Acalme-se, garota! Por que está tremendo? Assim é melhor, componha-se! Agora, vamos aos negócios.

Ele pegou um bilhete da gaveta de sua escrivaninha.

– Aqui você diz que tem cinco cartas comprometedoras da Condessa d'Albert. Quer vendê-las, e eu quero comprar. Muito bem. Só falta estabelecermos um preço. Se forem realmente boas... Deus do céu, é você?

Sem dizer palavra, a mulher retirara o véu e o xale. O rosto que confrontava Milverton era moreno e atraente, com sobrancelhas espessas, olhos brilhantes e uma boca de lábios finos estampando um perigoso sorriso.

– Sou eu – disse ela –, a mulher cuja vida você arruinou.

– Você estava tão obstinada – disse ele rindo, mas sua voz traía um certo medo. – Por que me levou a fazer o que fiz? Garanto-lhe que, por mim, não machucaria uma mosca sequer. Mas esse é o meu trabalho. O que você queria que eu fizesse? Estabeleci um preço dentro das suas posses e você não quis pagar.

– Então mandou as cartas para o meu marido, e ele, o cavalheiro mais nobre que já viveu, um homem cujos sapatos eu não era digna de amarrar, teve um ataque e morreu. Você se lembra da noite em que entrei por aquela porta e implorei sua piedade? Você riu na minha cara, como está tentando rir agora, mas seu coração covarde impede que seus lábios se abram! Nunca imaginou me ver novamente aqui, mas foi naquela noite que descobri como poderia encontrá-lo a sós. Bem, Charles Milverton, o que tem a dizer?

– Não fique achando que pode me amedrontar – disse ele, erguendo-se. – Só o que tenho a fazer é chamar meus empregados e mandar prendê-la. Mas vou fazer uma concessão à sua emoção. Saia imediatamente e tudo ficará como está.

A mulher o encarou com a mão metida no decote do vestido e o mesmo sorriso ameaçador.

– Você não arruinará mais vidas, como fez com a minha. Não vai despedaçar outros corações, como fez com o meu. Vou livrar o mundo de uma coisa venenosa. Tome isto, cão!... E mais isto!... E mais isto!...

Ela havia sacado uma pistolinha e disparado vários tiros em Milverton, com o cano a menos de meio metro de seu corpo. Ele se encolheu e depois caiu sobre a mesa, tossindo furiosamente e tentando se agarrar aos papéis. Então saiu cambaleando, levou outro tiro e caiu no chão.

– Você me matou! – exclamou, ficando imóvel.

A mulher o observou atentamente, depois pisou em seu rosto. Milverton não se mexeu nem fez qualquer ruído. Ouvi novamente

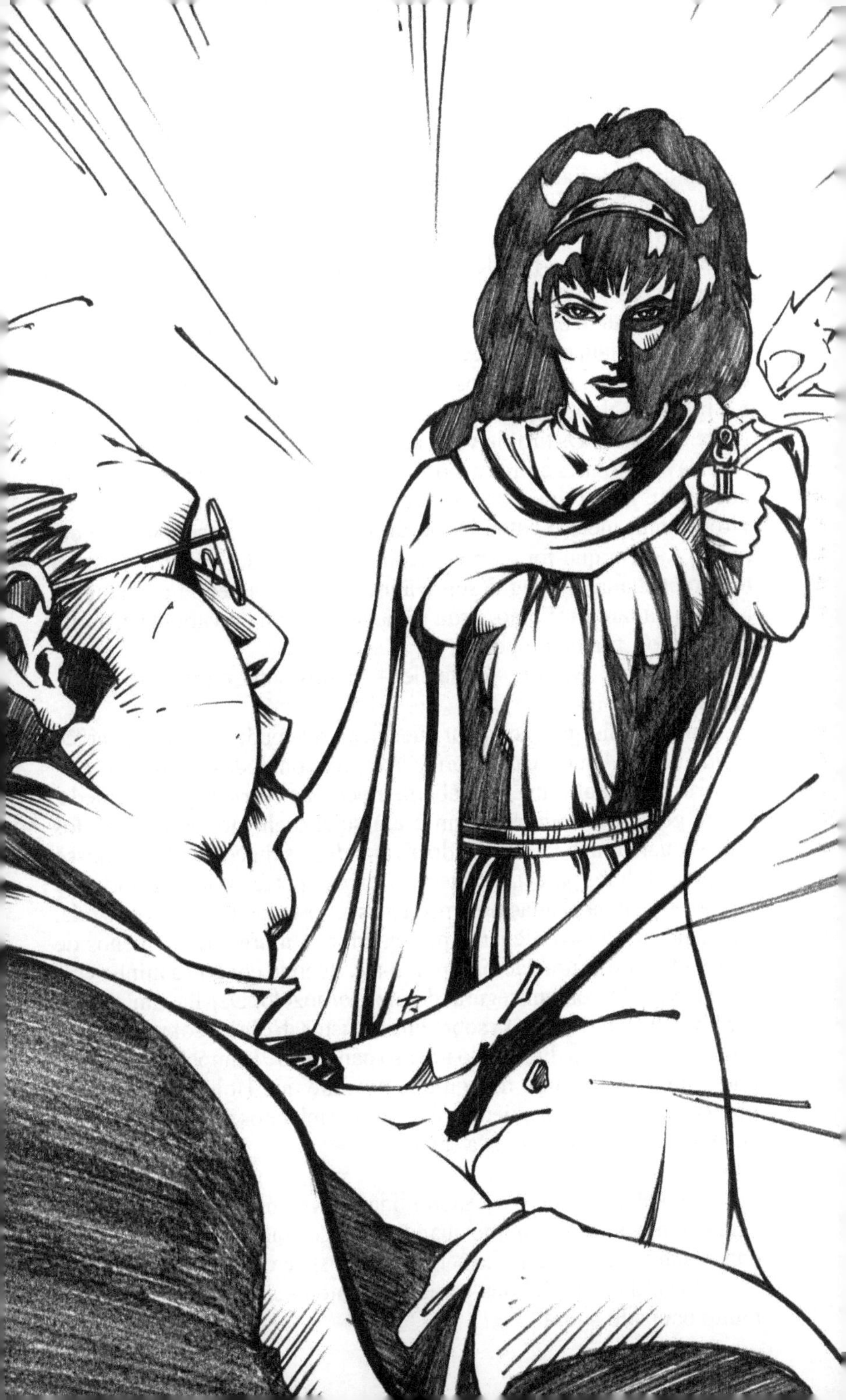

o farfalhar do vestido, enquanto o ar frio da madrugada soprava no escritório aquecido e a vingadora partia.

Nada poderíamos ter feito para salvar aquele homem de seu destino, mas enquanto a mulher disparava uma bala atrás da outra contra Milverton, eu estava quase deixando meu esconderijo quando senti a mão firme e fria de Holmes me prendendo pelo pulso. Compreendi seus argumentos: aquilo não era problema nosso, a justiça alcançara aquele bandido e nós tínhamos nossos deveres e objetivos, que não podiam ser esquecidos. Mas, assim que a mulher saiu do quarto, Holmes, com passos rápidos e silenciosos, alcançou a porta e a trancou. No mesmo instante, ouvimos vozes na casa e o som de gente correndo. Os tiros haviam acordado os empregados. Com frieza inabalável, Holmes correu até o cofre e pegou duas braçadas de papéis, que atirou na lareira. Fez isso várias vezes, até esvaziá-lo. Alguém virou a maçaneta e bateu na porta. Holmes olhou rapidamente em redor. A carta que fora a mensageira da morte de Milverton estava toda manchada de sangue sobre a mesa. Holmes pegou-a e também a atirou na lareira. Então, tirou a chave da porta da varanda e, assim que saímos, trancou-a por fora.

– Por aqui, Watson – disse ele. – Vamos pular o muro do jardim naquele ponto ali.

Eu não conseguia acreditar que um alarme pudesse se espalhar tão rapidamente. Aquela casa enorme já estava com todas as luzes acesas. A porta principal tinha sido aberta e pessoas corriam pela alameda. Havia gente por todo o jardim e um sujeito chamou a atenção dos outros quando nos viu deixando a varanda, e saiu correndo em nosso encalço. Holmes parecia conhecer o terreno perfeitamente e abriu caminho entre uma plantação de pequenas árvores, enquanto eu o seguia, acossado por nosso ofegante perseguidor. A mureta tinha menos de dois metros de altura. Holmes pulou-a e, quando chegou a minha vez, senti a mão do homem segurando meu tornozelo. Dei-lhe um coice e me libertei, caindo de cara sobre uns arbustos. Holmes colocou-me de pé e disparamos na direção do imenso pântano de Hampstead. Calculo que corremos cerca de três quilômetros até que Holmes parou para observar. Tudo estava quieto atrás de nós. Tínhamos despistado nossos perseguidores e estávamos a salvo.

Na manhã seguinte à nossa formidável aventura, havíamos tomado café e fumávamos cachimbo quando o Sr. Lestrade, da Scotland Yard, entrou em nossa sala, muito sério e circunspecto.

– Bom dia, Sr. Holmes – cumprimentou –, muito bom dia. Está muito ocupado agora?

— Não tão ocupado que não possa ouvi-lo.
— Pensei que, talvez, se não estivesse investigando nada de especial, pudesse nos ajudar num caso espetacular que aconteceu na noite passada, em Hampstead.
— Ora essa! — disse Holmes. — O que foi?
— Um assassinato, dos mais dramáticos e espetaculares. Sei como essas coisas lhe agradam, e consideraria um favor pessoal se pudesse nos acompanhar até Appledore Towers e nos beneficiar com suas opiniões. Não foi um crime comum. Já estávamos de olho nesse Sr. Milverton havia algum tempo, e, cá entre nós, ele tinha qualquer coisa de bandido. Sabe-se que mantinha documentos que usava para chantagear pessoas. Todos esses papéis foram queimados pelos assassinos. Nenhum artigo de valor foi levado e é provável que os criminosos sejam homens da sociedade, cujo objetivo era evitar algum escândalo.
— Criminosos! — disse Holmes. — No plural?
— Sim, eram dois. E quase foram pegos em flagrante. Temos suas pegadas e a sua descrição. Nossas chances de apanhá-los são de dez contra um. O primeiro era muito ativo, mas o outro chegou a ser pego pelo jardineiro e só escapou depois de lutar. Era um homem de estatura média, corpulento, rosto quadrado, pescoço forte, bigode e máscara sobre os olhos.
— Isso é muito vago — disse Sherlock Holmes. — Até poderia ser a descrição de Watson!
— É verdade! — disse o inspetor, rindo. — Poderia ser a descrição de Watson!
— Sinto muito mas não posso ajudá-lo, Lestrade — disse Holmes. — O fato é que eu já conhecia esse Milverton e o considerava um dos homens mais perigosos de Londres. Acredito que certos crimes que a lei não pode alcançar justificam uma vingança particular. Já me decidi. Desta vez minha simpatia está com os criminosos e não com a vítima. Não vou investigar esse caso.

Holmes nada comentou sobre a tragédia que presenciamos na noite anterior, mas percebi que durante toda a manhã ele permaneceu pensativo, dando-me a impressão de que tentava se lembrar de algo. Estávamos no meio de nosso almoço quando ele repentinamente se levantou.
— Por Deus, Watson! Já sei! — exclamou. — Pegue seu chapéu e venha comigo!
Então disparou a correr pela Rua Baker e seguiu pela Oxford, até quase chegar ao Regent Circus, parando diante de uma vitrine

repleta de fotografias de celebridades. Holmes fixou-se em uma delas. Seguindo seu olhar, vi que se tratava de uma senhora imponente em seu vestido de gala, com uma tiara de diamantes enfeitando a nobre cabeça. Olhei para o nariz delicado, as sobrancelhas espessas, a boca fina e o queixo forte, mas pequeno. Então perdi o fôlego quando li o título do grande aristocrata e estadista com quem fora casada. Olhei para Holmes, que colocou o dedo sobre os lábios, enquanto nos afastávamos da vitrine.

Os Seis Napoleões

Não era raro que o Sr. Lestrade, inspetor da Scotland Yard, aparecesse à noite para nos visitar, e suas visitas eram sempre bem-vindas por Sherlock Holmes, pois lhe permitiam saber o que se passava no quartel-general da polícia. Em retribuição às notícias que Lestrade trazia, Holmes estava sempre disposto a ouvir atentamente os detalhes de qualquer caso em que o detetive estivesse trabalhando. Às vezes, mesmo sem participar ativamente das investigações, ele conseguia dar alguma pista ou sugestão, baseado em seu largo conhecimento e vasta experiência.

Certa noite, Lestrade falava do clima e dos jornais e de repente ficou quieto, fumando pensativamente seu charuto. Holmes olhou para ele.

– Está investigando algo em especial? – perguntou.

– Ah, não, Holmes, nada muito especial.

– Então conte-me.

Lestrade riu.

– Bem, Holmes, não há como negar que algo realmente me preocupa. Mas é tão absurdo que hesitei em incomodá-lo. Por outro lado, embora trivial, é sem dúvida estranho, e sei que você tem um gosto por tudo que é fora do comum. Mas, na minha opinião, isso é mais assunto para o Dr. Watson do que para você.

– Doença? – perguntei.

– Loucura. E de um tipo estranho! Não dá para acreditar que alguém, nos dias de hoje, nutra tanto ódio por Napoleão que saia por aí quebrando suas estátuas.

Holmes relaxou na poltrona.

– Isso não é assunto meu – disse.

– Exatamente. Foi o que eu disse. Mas, quando um sujeito começa a invadir locais particulares para quebrar imagens que não são suas, a coisa deixa o âmbito da medicina para se tornar um caso de polícia.

Holmes aprumou-se novamente.

– Invasão! Isso é mais interessante. Conte-me os detalhes.

Lestrade pegou seu livro de notas para refrescar a memória.

– O primeiro caso foi relatado há quatro dias – disse. – Foi na loja de Morse Hudson, que vende estátuas e quadros na Avenida Kennington. O funcionário havia ido até os fundos da loja por um instante quando ouviu algo se quebrando. Ao voltar, viu que um busto de Napoleão, que ficava entre outras obras de arte sobre o balcão, estava quebrado no chão. Ele correu até a rua, mas, embora diversos pedestres declarassem ter visto um homem sair da loja em disparada, não conseguiu ver ou identificar o agressor. Parecia ser um desses atos de vandalismo sem sentido, que ocorrem de vez em quando e assim são informados ao policial da rua. A peça, de gesso, valia uns poucos xelins, e a coisa toda parecia muito infantil para merecer uma investigação.

"O segundo caso, contudo, foi mais sério e esquisito. Ocorreu na noite passada. Também na Avenida Kennington, a algumas centenas de metros da loja de Morse Hudson, mora um médico, o Dr. Barnicot, que tem uma das maiores clínicas ao sul do Tâmisa. Sua residência e o consultório principal ficam na Kennington, mas ele também possui uma clínica cirúrgica e um dispensário na Avenida Lower Brixton, a uns três quilômetros dali. O Dr. Barnicot é um entusiástico admirador de Napoleão, e sua casa está cheia de livros, quadros e relíquias do imperador francês. Há algum tempo ele comprou de Morse Hudson duas cópias de gesso de um famoso busto de Napoleão feito pelo escultor francês Devine. O Dr. Barnicot colocou uma delas no vestíbulo da casa da Kennington e o outro sobre a lareira na clínica da Lower Brixton. Bem, quando o Dr. Barnicot chegou esta manhã, ficou espantado ao descobrir que sua casa fora invadida durante a noite e que nada fora tocado, a não ser o busto que ficava no vestíbulo, que foi retirado e arremessado contra o muro do jardim, ao pé do qual se encontraram os fragmentos."

Holmes esfregou as mãos.

– Isso tudo é certamente original!

– Achei que fosse atraí-lo. Mas ainda não terminei. O Dr. Barnicot tinha cirurgia marcada para o meio-dia, e você pode imaginar como ele ficou assustado quando, ao chegar lá, descobriu que a janela fora aberta durante a noite e que os pedaços do segundo busto estavam espalhados pelo chão. Fora reduzido a átomos. Nenhum dos casos forneceu qualquer indício sobre o criminoso ou lunático que aprontou tudo isso. Agora, Holmes, você já sabe de tudo.

– É esquisito, para não dizer grotesco – disse Holmes. – Os dois bustos pertencentes ao Dr. Barnicot eram duplicatas exatas daquele que foi destruído na loja de Morse Hudson?

— Todos saíram do mesmo molde.

— Esse fato contradiz a teoria de que o vândalo tenha um ódio genérico por Napoleão. Considerando as centenas de estátuas do imperador francês que existem em Londres, seria ingênuo supor que esse iconoclasta tenha escolhido por coincidência três cópias do mesmo busto.

— Pensei o mesmo que você — disse Lestrade. — Por outro lado, Morse Hudson é quem vende estátuas no bairro, e aqueles três eram os únicos bustos de Napoleão que teve em sua loja durante anos. Assim, embora, como você disse, haja centenas de estátuas em Londres, provavelmente esses três bustos eram os únicos no bairro. Portanto, um fanático começaria por eles. O que acha, Watson?

— Não há limites para as possibilidades de monomania — respondi. — Existe aquilo que os modernos psicólogos franceses chamam de "ideia fixa", que pode ser um detalhe numa personalidade sadia em todos os outros aspectos. Alguém que tenha lido muito sobre Napoleão ou que tenha perdido algum antepassado naquela guerra poderia desenvolver a tal "ideia fixa" e sob sua influência ser capaz de tomar atitudes fantásticas.

— Isso não serve, meu caro Watson — disse Holmes, balançando a cabeça. — Nenhuma "ideia fixa" faria seu interessante monomaníaco descobrir onde se encontravam aqueles bustos.

— Bem, e como *você* explica isso?

— Não pretendo fazê-lo. Apenas observaria que há um certo método nos excêntricos procedimentos desse senhor. Por exemplo, no vestíbulo do Dr. Barnicot, onde o barulho poderia acordar a família, o busto foi levado para fora antes de ser quebrado. Já na clínica cirúrgica, onde havia menos perigo de alarme, a peça foi quebrada onde estava. O caso parece ridiculamente trivial, mas não o classificaria desse modo, tendo em vista que minhas investigações mais clássicas começaram da mesma forma. Você deve lembrar, Watson, que o terrível caso da família Abernetty só chamou minha atenção depois que eu observei o quanto um ramo de salsa havia afundado na manteiga num dia quente. Por isso não me permito rir dos seus três bustos quebrados, Lestrade. Ficaria muito grato se me colocasse a par de qualquer novidade a respeito.

A novidade que meu amigo esperava veio de forma muito mais rápida e trágica do que ele poderia ter imaginado. Na manhã seguinte, eu ainda estava no quarto me vestindo quando Holmes bateu à porta e entrou com um telegrama que leu em voz alta:

"Venha imediatamente. Rua Pitt, 131, Kensington. Lestrade."
– O que aconteceu? – perguntei.
– Não sei. Pode ser qualquer coisa. Mas suspeito de que seja algo relacionado àquela história das estátuas. Nesse caso, nosso amigo, o iconoclasta, começou a operar em outro bairro de Londres. O café está na mesa, Watson, e a carruagem nos espera.

Em meia hora chegamos à Rua Pitt, um lugar tranquilo, embora próximo a uma das regiões mais agitadas de Londres. O número 131 era uma entre várias casas enfileiradas, respeitáveis mas sem atrativos. Ao nos aproximarmos vimos a multidão de curiosos alinhados junto à cerca em frente à casa. Holmes assobiou.
– Bom Deus! É no mínimo tentativa de assassinato. Nada menos que isso para deter os mensageiros londrinos. Há um indício de violência nos ombros arqueados e no pescoço esticado daquele sujeito. O que é isto, Watson? Os degraus de cima estão molhados, e os de baixo, secos. Muitas pegadas, de qualquer forma. Bem, bem, lá está Lestrade, na janela da frente. Logo saberemos do que se trata.
O inspetor nos recebeu com o rosto muito sério e nos levou até uma sala de estar, onde um senhor de idade, muito agitado e desalinhado em seu roupão de flanela, andava de um lado para o outro. Foi-nos apresentado como sendo o dono da casa, Sr. Horace Harker, da Agência Central de Notícias.
– É novamente o caso do Napoleão – disse Lestrade. – Você parecia interessado ontem à noite, Holmes, então pensei que gostaria de estar presente no momento em que o incidente se torna muito mais grave.
– O que houve de tão grave?
– Assassinato. Sr. Harker, pode contar a estes senhores exatamente o que aconteceu?
O homem de roupão olhou para nós com um rosto muito triste.
– É inacreditável – começou ele – que durante toda a minha vida eu tenha escrito notícias sobre outras pessoas, e agora que eu me torno notícia esteja tão confuso que não consiga articular duas palavras. Se eu tivesse vindo aqui como jornalista, teria entrevistado a mim mesmo e já teria duas colunas para publicar em todos os jornais vespertinos. Mas acontece que estou cedendo meus direitos autorais contando minha valiosa história a uma fileira de estranhos, e isso de nada me serve. Contudo, já ouvi seu nome, Sr. Sherlock Holmes, e, se puder me explicar este assunto, vou me sentir pago por lhe contar minha história.
Holmes sentou-se e escutou.

— Parece que tudo se relaciona ao busto de Napoleão que comprei, há alguns meses, para esta sala – continuou Haker. – Comprei-o baratinho na Harding Brothers, ao lado da estação da Rua High. Grande parte do meu trabalho jornalístico é feito à noite, e frequentemente escrevo até o raiar do dia. Como ocorreu hoje. Eu estava no meu escritório, que fica nos fundos do andar de cima, quando, lá pelas três da madrugada, ouvi ruídos no andar de baixo. Apurei os ouvidos, mas os ruídos não se repetiram, o que me fez concluir que tinham vindo da rua. Então, de repente, uns cinco minutos depois, ouvi um grito horrível, o pior som que já ouvi, Sr. Holmes. Vai ecoar nos meus ouvidos enquanto eu viver. Fiquei alguns minutos congelado de medo. Então peguei o atiçador e desci. Entrando nesta sala, vi a janela escancarada e percebi que o busto fora levado de cima da lareira. Por que um ladrão roubaria aquilo é algo que não compreendo, pois era apenas uma peça de gesso, sem valor algum. O senhor pode perceber que qualquer pessoa que saia pela janela aberta pode alcançar o patamar em frente à porta esticando a perna. Foi isso, sem dúvida, o que o ladrão fez. Assim, fui até a porta e a abri. Ao sair na escuridão, quase tropecei no cadáver que ali estava. Voltei para buscar uma vela e lá estava o infeliz, com um rasgo na garganta, e todo o local nadando em sangue. Ele estava de costas, com as pernas encolhidas e a boca horrivelmente aberta. Vou ver essa imagem para sempre em meus sonhos. Só tive tempo de assoprar meu apito policial e devo ter desmaiado em seguida, pois não me lembro de mais nada até ver o policial parado ao meu lado no vestíbulo.

— Bem, quem era a vítima? – perguntou Holmes.

— Não há nada que a identifique – respondeu Lestrade. – Você poderá ver o corpo no necrotério, mas não descobrimos nada até agora. É um homem alto, bronzeado, muito forte, com no máximo trinta anos. Suas roupas são simples, mas ele não parece pobre. Um canivete com cabo de chifre estava na poça de sangue ao seu lado. Não sei se é a arma do crime ou se pertencia à vítima. Não havia etiquetas nas roupas e nada nos bolsos, a não ser uma maçã, um rolo de barbante, um mapa barato de Londres e esta fotografia.

Era um instantâneo, tirado com câmera pequena. Mostrava um homem de expressão viva e feições simiescas, com sobrancelhas espessas e uma singular projeção da mandíbula, como a de um babuíno.

— E o que aconteceu com o busto? – perguntou Holmes, depois de estudar atenciosamente a fotografia.

— Soubemos dele pouco antes de você chegar. Foi encontrado no jardim de uma casa vazia na Avenida Campden House. Estilhaçado. Vou até lá para ver. Quer vir junto?

— Claro. Mas antes preciso dar uma olhada por aqui.

Holmes examinou o carpete e a janela.

— Ou o sujeito tinha pernas muito compridas ou era muito atlético — disse. — Com essa área aí embaixo, não foi fácil alcançar o peitoril e abrir a janela. Voltar foi comparativamente mais simples. Virá conosco para ver os restos do seu busto, Sr. Harker?

O desconsolado jornalista sentara-se à escrivaninha.

— Preciso ver se consigo escrever alguma coisa a respeito — disse ele —, embora tenha certeza de que as primeiras edições dos vespertinos já estão saindo com todos os detalhes. Essa é a minha sorte! Lembram-se de quando caiu aquela arquibancada em Doncaster? Bem, eu era o único jornalista ali, e meu jornal foi o único que não noticiou o fato, pois eu estava muito abalado para escrever. E agora vou me atrasar sobre um assassinato cometido em minha própria porta.

Enquanto saíamos, ouvimos o som agudo de sua pena deslizando sobre o papel.

O lugar onde encontraram os fragmentos da estátua ficava a poucas centenas de metros dali. Pela primeira vez vimos a representação do grande imperador, que parecia despertar um ódio destrutivo e frenético na cabeça daquele desconhecido. Lá estavam os pedaços espalhados sobre a grama. Holmes pegou diversos deles e examinou-os cuidadosamente. Seu rosto concentrado e suas atitudes objetivas me convenceram de que ele já tinha uma teoria.

— E então? — perguntou Lestrade.

Holmes deu de ombros.

— Temos um longo caminho pela frente — respondeu. — E ainda... Bem, temos fatos sugestivos para investigar. A posse desta peça barata valia mais do que uma vida humana aos olhos desse estranho criminoso. Esse é um ponto. Há também o estranho fato de que ele não o quebrou dentro da casa ou perto dela, pressupondo-se que era esse seu único objetivo.

— Ele se assustou ao encontrar o outro sujeito — observou Lestrade. — Não sabia o que estava fazendo.

— É possível. Mas eu gostaria de chamar sua atenção para a posição desta casa, em cujo jardim o busto foi destruído.

— A casa está vazia — disse Lestrade depois de olhar em torno —, e ele devia saber que aqui não seria perturbado.

— Exato — disse Holmes —, mas há outra casa vazia nesta mesma rua, pela qual ele tem de ter passado antes de chegar aqui. Por que não quebrou o busto lá, se, evidentemente, a cada metro que ele percorresse carregando o objeto, estaria aumentando o risco de ser pego?

— Desisto — disse Lestrade.

Holmes apontou para a lâmpada no poste acima de nossas cabeças.
— Aqui ele podia ver o que estava fazendo, e lá não. Essa foi a razão.
— Bom Deus! É verdade — disse o policial. — Agora que você falou, lembro-me de que o busto do Dr. Barnicot foi quebrado perto daquela luminária vermelha. Então, Holmes, o que vamos fazer com esse dado?
— Não vamos esquecê-lo, vamos armazená-lo na memória. Pode ser que, mais tarde, encontremos algo que se encaixe. O que propõe fazer agora, Lestrade?
— O mais prático, na minha opinião, é identificar o morto. Não deve ser difícil. Quando descobrirmos quem é e com quem se relaciona, não será difícil determinar o que estava fazendo na Rua Pitt na noite passada, e quem o encontrou e matou na porta do Sr. Horace Harker. Não acha?
— Sem dúvida. Mesmo assim, não é dessa forma que eu abordaria o caso.
— O que você faria, então?
— Ah, não quero influenciá-lo! Sugiro que você siga a sua linha e eu a minha. Mais tarde poderemos comparar nossos progressos e nos ajudar mutuamente.
— Muito bem — disse Lestrade.
— Se estiver voltando à Rua Pitt, diga ao Sr. Horace Harker que já cheguei a uma conclusão, e que foi um perigoso assassino lunático, com surtos napoleônicos, que esteve em sua casa na noite passada. Isso irá ajudá-lo a escrever o artigo.
Lestrade olhou para Holmes.
— Não acredita realmente nisso, não é?
Holmes sorriu.
— Será que não? Bem, talvez eu não acredite, mas isso vai interessar o Sr. Harker e os assinantes da Agência Central de Notícias. Agora, Watson, acho que temos um dia de trabalho longo e complexo à nossa frente. Eu gostaria, Lestrade, que você fosse nos encontrar em nosso apartamento na Rua Baker, às seis da tarde, se possível. Até lá gostaria de ficar com a fotografia que encontrou no bolso do morto. É possível que eu precise de você numa pequena expedição que pretendo realizar esta noite, se minha linha de raciocínio estiver correta. Até lá e boa sorte.
Sherlock Holmes e eu caminhamos juntos até a Rua High, parando na loja Harding Brothers, onde o busto fora comprado. Um vendedor jovem nos disse que o Sr. Harding só voltaria depois do almoço e que ele era novo no emprego, não podendo, portanto, dar nenhuma informação. O rosto de Holmes mostrou decepção e aborrecimento.

– Bem, bem, não podemos querer tudo à nossa maneira, Watson – ele disse, afinal. – Voltaremos mais tarde para falar com o Sr. Harding. Como você deve ter percebido, estou tentando descobrir de onde vieram esses bustos, para ver se encontramos algo especial que explique o que está acontecendo. Vamos até o Sr. Morse Hudson, na Avenida Kennington. Quem sabe ele possa ajudar a esclarecer o problema.

Levamos uma hora de carruagem para chegar ao negociante de quadros e estátuas. Era um homem baixo e corpulento, de rosto sanguíneo e temperamento irritadiço.

– Sim, senhor. No meu balcão – disse ele. – Para que pagamos impostos eu não sei, já que qualquer vagabundo pode entrar aqui e quebrar as minhas coisas. Sim, senhor, fui eu que vendi as duas estátuas ao Dr. Barnicot. Que desgraça! Trata-se de um plano niilista. Ninguém, a não ser um anarquista, sairia por aí quebrando estátuas. Republicanos malditos, é como os chamo. De quem comprei as estátuas? Ora, não sei o que tem a ver. Foi da Gelder and Co., na Rua Church, em Stepney. É uma empresa bem conhecida no mercado, há vinte anos já. Quantos eu tinha? Três – dois quebrados com o Dr. Barnicot e um aqui, no meu próprio balcão. Se conheço a pessoa da fotografia? Não, senhor. Espere, deixe ver, conheço, sim. É Beppo. É um artesão italiano que ajudava na loja. Sabia entalhar e dourar uma moldura, e outras coisas também. Ele sumiu na semana passada, e não ouvi falar mais dele. Não, não sei de onde veio nem para onde foi. Não tenho nada contra ele. Sumiu dois dias antes de o busto ser destruído.

– Bem, isso é tudo o que podíamos obter de Morse Hudson – disse Holmes quando saímos da loja. – Esse Beppo é um elemento comum, tanto em Kennington quanto em Kensington, de modo que vale uma corrida de quinze quilômetros. Então, Watson, vamos até a Gelder and Co., em Stepney, a origem dos bustos. Acredito que vamos conseguir algo lá.

Rapidamente, passamos pela Londres da moda, dos hotéis, dos teatros, da literatura e do comércio e, finalmente, pela Londres marítima, até chegarmos a uma cidade à beira do rio, com cem mil habitantes, cujas sufocantes casas de cômodos abrigam os refugiados da Europa. Numa rua larga onde outrora residiram os ricos comerciantes da City, encontramos a fábrica de esculturas que procurávamos. Fora havia um pátio repleto de estátuas monumentais. Dentro, cinquenta empregados entalhavam ou moldavam dentro de um salão. O gerente, um alemão loiro e grandalhão, recebeu-nos com cortesia e respondeu claramente às perguntas de Holmes. Uma consulta a seus livros mostrou que centenas de bustos de gesso haviam sido tirados de uma cópia de mármore da escultura que Devine fizera de Napoleão. Os três enviados a Morse Hudson há um ano e pouco faziam parte de um lote de seis, sendo que os outros três foram para a Harding Brothers, de Kensington. Não havia razão para pensar que esses seis fossem diferentes dos outros. Ele não saberia dizer por que alguém quereria destruí-los – na verdade, o alemão riu dessa ideia. O preço no atacado era seis xelins, mas qualquer comerciante podia conseguir doze ou mais. A peça era feita com dois moldes, um de cada lado do rosto, que, juntos, formavam o busto completo. O trabalho normalmente era feito por italianos no salão em que estávamos. Depois de prontas, as peças eram colocadas sobre uma mesa no corredor para secar. Em seguida, iam para o estoque. Isso era tudo o que tinha para nos contar.

Mas a fotografia teve um efeito inesperado sobre o gerente. Seu rosto ficou vermelho de raiva e as sobrancelhas franziram-se sobre os olhos azuis.

– Ah, o marginal! – exclamou. – Sim, conheço-o muito bem. Este sempre foi um estabelecimento respeitável, e a única vez em que a polícia esteve aqui foi para pegá-lo. Faz mais de um ano. Ele esfaqueou outro italiano na rua e depois veio trabalhar com a polícia no seu encalço. Chamava-se Beppo, embora eu não saiba seu sobrenome. Bem feito para mim, por contratar um sujeito com essa cara. Mas trabalhava bem, era um dos melhores.

– Sabe a sentença que ele pegou?

– A vítima sobreviveu, de modo que ele se safou com um ano. Já deve ter saído, agora, mas não teve coragem de mostrar a cara feia por aqui. Um primo dele trabalha conosco, e acho que deve saber por onde Beppo anda.

– Não, não – exclamou Holmes –, nem uma palavra com o primo, nem uma palavra, eu lhe peço. O assunto é muito sério, e quanto mais investigo, mais sério fica. Quando consultou seus livros sobre a venda daquelas peças, reparei que a data foi 3 de junho do ano passado. Sabe me dizer quando Beppo foi preso?

– Posso lhe dizer pela folha de pagamento – respondeu o gerente. – Aqui está – continuou, depois de virar algumas páginas –, o último pagamento que ele recebeu foi em 20 de maio.

– Obrigado – disse Holmes. – Creio que não preciso mais abusar de seu tempo e de sua paciência.

Com um último aviso para que ele nada dissesse sobre a nossa investigação, pusemo-nos novamente a caminho da zona oeste.

Só no meio da tarde conseguimos entrar num restaurante para almoçar. Na estante junto à entrada, a manchete do jornal anunciava

"Crime de Kensington. Assassinato cometido por louco". A matéria mostrava que o Sr. Horace Harker conseguira, afinal, publicar sua reportagem sobre o assunto. Eram duas colunas sensacionalistas e bombásticas descrevendo o incidente. Holmes pegou o jornal e leu enquanto comia, rindo algumas vezes.

– Que ótimo, Watson – disse. – Ouça isto: "É reconfortante saber que não há diferenças de opinião neste caso, já que o Sr. Lestrade, um dos membros mais experientes da Scotland Yard, e o Sr. Sherlock Holmes, conhecido investigador particular, chegaram à mesma conclusão: essa série grotesca de incidentes, que terminou de forma tão trágica, tem origem na loucura e não em objetivos deliberadamente criminosos. Nada, a não ser aberração mental, pode explicar o que tem acontecido". A imprensa, Watson, pode ser uma instituição valiosa, basta saber usá-la. E agora, se você já terminou, vamos voltar a Kensington e ver se o gerente da Harding Brothers tem algo a dizer.

O dono daquela grande loja mostrou-se um homem ágil e inteligente, com ideias lúcidas e respostas rápidas.

– Sim, senhor, li as reportagens nos jornais. O Sr. Horace Harker é nosso cliente. Vendemos o busto para ele há alguns meses. Compramos três peças da Gelder & Co., de Stepney. Já vendemos todas. Para quem? Oh, acho que posso responder facilmente consultando nosso registro de vendas. Sim, aqui está... um para o Sr. Harker, outro para Josiah Brown, de Laburn Lodge, Laburnum Villa, em Chiswick, e outro para o Sr. Sandeford, na Avenida Lower Grove, em Reading. Não, nunca vi esse rosto da fotografia. Acho que não esqueceria, pois nunca vi alguém mais feio. Se temos italianos entre os funcionários? Sim, senhor. Temos vários entre os auxiliares e faxineiros. Acho que conseguiriam dar uma espiada no registro de vendas, se quisessem. Não há razões para vigiarmos o livro. Bem, bem, esse negócio é muito estranho. Espero que me ponha a par das novidades, se descobrir algo.

Holmes fizera diversas anotações durante o depoimento do Sr. Harding, e percebi que ele estava ficando satisfeito com o rumo que o caso tomava. Contudo, não disse nada, a não ser que, se não corrêssemos, não chegaríamos em tempo para o encontro com Lestrade. Quando chegamos ao nosso apartamento na Rua Baker, o inspetor já estava lá, andando de um lado para o outro. Sua expressão de superioridade mostrava que seu dia fora proveitoso.

– E então? – perguntou. – Teve sorte, Holmes?

– Tivemos um dia cheio, que não foi totalmente inútil – meu amigo respondeu. – Visitei os dois comerciantes e também o fabricante. Consegui descobrir a origem dos bustos.

— Os bustos! — exclamou Lestrade. — Bem, você tem seus próprios métodos, Holmes, e não posso falar mal deles, mas acho que meu dia foi melhor que o seu. Identifiquei o morto.

— Não me diga!

— E encontrei o motivo do crime.

— Esplêndido!

— Temos um inspetor que é especialista no bairro italiano. Ora, o cadáver tinha uma correntinha com um símbolo católico no pescoço, o que, junto com sua cor, me fez pensar que ele vinha do Mediterrâneo. O Inspetor Hill reconheceu-o no momento em que o viu. É Pietro Venucci, de Nápoles, e é um dos maiores assassinos de Londres. Tinha conexões com a Máfia que, como você sabe, é uma sociedade secreta que impõe suas decisões com assassinatos. Repare como as coisas começam a se esclarecer. O outro sujeito também é, provavelmente, italiano e membro da Máfia. Ele quebra as regras da organização e coloca Pietro no seu encalço. Provavelmente a fotografia que encontramos em seu bolso é do próprio perseguido, para que Pietro não esfaqueie o homem errado. Ele segue o sujeito e vê quando entra numa casa. Espera por ele e, durante a briga, leva a pior. Que acha disso, Sherlock Holmes?

Holmes bateu palmas, entusiasmado.

— Excelente, Lestrade, excelente! — exclamou. — Mas não entendi sua explicação sobre a destruição dos bustos.

— Os bustos! Você não tira isso da cabeça. Isso não é nada. Furto miúdo, dá seis meses de prisão, no máximo. É assassinato que estamos investigando, e digo-lhe que estou com o caso nas mãos.

— E qual é o próximo passo?

— Muito simples. Vou com o Inspetor Hill até o bairro italiano encontrar o homem da fotografia e prendê-lo por assassinato. Vem conosco?

— Acho que não. Acho que podemos resolver tudo de modo mais simples. Não posso dizer com certeza, porque tudo depende... bem, depende de um fator que está completamente fora do nosso controle. Mas tenho grandes expectativas. Na verdade, aposto dois contra um que se você vier conosco esta noite poderei ajudá-lo a pegar o homem.

— No bairro italiano?

— Não, acho que é mais provável que o encontremos em Chiswick. Prometo ir ao bairro italiano com você amanhã. O atraso não irá atrapalhá-lo. Agora acho que algumas horas de sono vão nos fazer bem, pois não pretendo sair antes das onze horas, e é improvável que consigamos voltar antes que amanheça. Jante conosco, Lestrade, e depois se acomode no sofá até chegar a hora. Enquanto isso, Watson, faça o favor de chamar um mensageiro expresso, pois tenho de mandar uma carta imediatamente.

Holmes passou a noite remexendo em seus arquivos de jornais. Quando ele reapareceu, seus olhos brilhavam, vitoriosos, mas nada nos disse sobre o resultado de sua pesquisa. De minha parte, eu tinha seguido passo a passo os meios pelos quais Holmes traçara os vários caminhos daquele caso complicado e, embora não conseguisse entender o objetivo final, compreendi que Holmes esperava pegar aquele criminoso grotesco atentando contra os dois bustos remanescentes, um dos quais, pelo que me lembrava, estava em Chiswick. Sem dúvida que o propósito de nossa expedição era prendê-lo em flagrante, e eu admirava a astúcia com que meu amigo colocara uma pista falsa no jornal vespertino, para que o sujeito pensasse que poderia continuar impunemente. Não me surpreendi quando Holmes sugeriu que eu levasse meu revólver. Ele pegou um chicote de caça, sua arma favorita.

Uma carruagem esperava por nós às onze. Fomos nela até um local, do outro lado da ponte de Hammersmith. Lá, pedimos que o cocheiro parasse e esperasse. Uma caminhada curta levou-nos até uma rua tranquila, com casas agradáveis, todas recuadas no terreno. "Laburnum Villa", informava a placa em uma delas. Os moradores já tinham ido dormir, pois a casa estava escura, a não ser por uma luz sobre a porta de entrada. A cerca de madeira que separava o terreno da rua projetava uma sombra densa no jardim. Foi ali que nos escondemos.

– Receio que temos uma longa espera pela frente – Holmes sussurrou. – Mas podemos agradecer aos céus por não estar chovendo. Acho que não podemos sequer fumar para passar o tempo. Contudo, aposto dois contra um que nossa espera vai compensar.

Nossa vigília, entretanto, não foi tão longa quanto Holmes nos fez supor. Na verdade, ela acabou de forma repentina e singular. Num instante, sem um ruído sequer, o portão se abriu e uma figura baixa e ágil como um macaco correu pela trilha do jardim. Nós o vimos passar pela luz da porta e desaparecer sob a sombra projetada pela casa. Depois de uma pausa longa, durante a qual seguramos a respiração, ouvimos um rangido muito suave. A janela estava sendo aberta. O ruído parou e novamente tivemos um silêncio prolongado. O sujeito estava entrando na casa. Vimos a luz de uma lanterna dentro da sala. O que ele procurava não devia estar lá, pois vimos novamente a luz em outro aposento e depois em outro.

– Vamos para a janela aberta. Podemos pegá-lo na hora em que sair – sussurrou Lestrade.

Mas, antes que nos mexêssemos, o homem reapareceu. E, quando passou novamente pela luz, percebemos que trazia algo branco sob o braço. O sujeito espiou em redor, sentindo-se seguro pela falta de movimento na rua. Virando as costas para nós, depositou no chão o volume e, em seguida, ouvimos uma pancada e o barulho de algo se quebrando. O homem estava tão concentrado no que fazia que nem ouviu nossos passos enquanto nos aproximávamos. Dando um salto de tigre, Holmes caiu-lhe em cima, seguido por Lestrade e eu, e o pegamos um em cada braço, pondo-lhe as algemas. Ao virá-lo, deparamos com um rosto odioso e amarelado, que nos encarava furiosamente. Havíamos pegado o homem da fotografia.

Mas não era ao prisioneiro que Holmes dava atenção. Abaixado na entrada da casa, ele examinava cuidadosamente o que o ladrão pegara na casa. Era um busto de Napoleão semelhante ao que víramos de manhã e também fora quebrado de forma parecida. Meticulosamente, Holmes expôs à luz cada um dos fragmentos, que em nada diferiam de pedaços comuns de gesso. Ele mal completara esse exame quando as luzes do vestíbulo se acenderam, a porta foi aberta e o dono da casa, um homem jovial e gorducho, apareceu.

– Sr. Josiah Brown, eu suponho? – perguntou Holmes.

– Eu mesmo. E o senhor deve ser Sherlock Holmes. Recebi a carta pelo mensageiro expresso e fiz exatamente o que me disse. Trancamos todas as portas por dentro e esperamos. Bem, estou feliz por terem pegado o bandido. Espero que os senhores possam entrar para beber algo.

Mas Lestrade estava ansioso para colocar seu prisioneiro num local seguro, assim, em poucos minutos, chamamos nossa carruagem e pusemo-nos a caminho de Londres. O criminoso não quis dizer nada, mas nos observava através daquele emaranhado de cabelos e, quando lhe pareceu que minha mão estava ao alcance, tentou mordê-la como se fosse um lobo faminto. Ficamos na delegacia o suficiente para saber que uma busca em suas roupas não revelou nada, a não ser alguns xelins e uma faca cujo cabo tinha muitas manchas recentes de sangue.

– Tudo bem – disse Lestrade quando partimos. – Hill conhece toda essa gente e amanhã me dirá quem é esse aí. Vocês vão ver que minha teoria da Máfia está correta. Mas devo dizer que sou extremamente grato a você, Holmes, pela forma como botou as mãos nele. Ainda não compreendi totalmente.

– Acho que está muito tarde para explicações – disse Holmes. – Além disso, existem alguns detalhes que ainda não estão concluídos, e este é um daqueles casos em que vale a pena ir até o fim. Se você vier mais uma vez ao meu apartamento amanhã às seis da tarde,

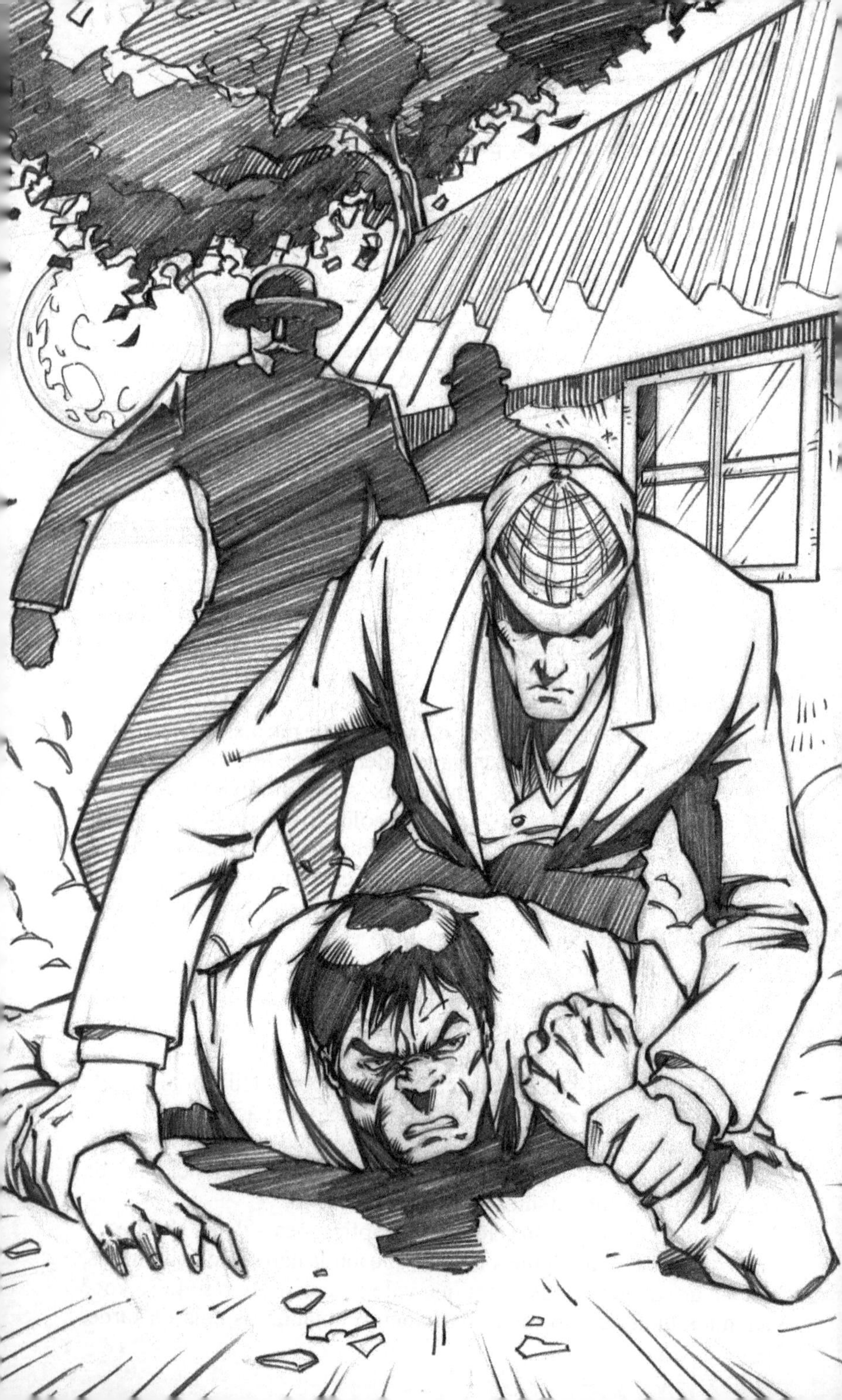

acho que poderei lhe explicar o que não entendeu. Este caso tem características absolutamente originais na história do crime. Se um dia eu permitir que escreva sobre minhas investigaçõezinhas, Watson, acho que esta aventura dos bustos napoleônicos vai enriquecer muito suas crônicas.

Quando nos reencontramos na noite seguinte, Lestrade já tinha muitas informações a respeito do prisioneiro. Sabia-se seu nome, Beppo, mas não o sobrenome. Era um conhecido vagabundo da colônia italiana. Houve uma época em que foi um escultor habilidoso e ganhava a vida honestamente, mas trilhou o caminho errado e estivera preso duas vezes – primeiro por furto simples e depois por esfaquear um compatriota. Falava inglês perfeitamente. Ainda não se sabia por que destruíra os bustos, e ele recusava-se a responder qualquer pergunta sobre o assunto. Mas a polícia descobriu que ele mesmo podia ter feito aquelas peças quando trabalhava para Gelder & Co. Holmes ouviu todas essas informações – muitas das quais já sabíamos – com educada atenção. Mas eu, que o conhecia bem, percebia claramente que seus pensamentos estavam em outro lugar, e detectei uma mistura de desconforto e expectativa debaixo daquela máscara que usava. Finalmente ele se ajeitou na cadeira e seus olhos brilharam. Alguém tinha tocado a campainha. Em seguida ouvimos passos na escada, e um senhor de idade, de rosto sanguíneo e suíças grisalhas, entrou na sala. Na mão direita trazia uma sacola, que depositou sobre a mesa.

– O Sr. Sherlock Holmes está?

Meu amigo inclinou-se e sorriu.

– Sr. Sandeford, de Reading, eu suponho? – perguntou.

– Sim, senhor. Acho que cheguei um pouco atrasado, os trens não ajudaram. Escreveu-me sobre um busto que possuo?

– Exatamente.

– Estou com sua carta aqui. O senhor diz: "Desejo possuir uma cópia do Napoleão de Devine. Pretendo pagar-lhe dez libras pela que está com o senhor". É isso mesmo?

– Entendo que o senhor esteja surpreso, mas a explicação é muito simples. O Sr. Harding, da Harding Brothers, disse que lhe vendera a última peça e me deu seu endereço.

– Ah, foi isso? Ele lhe disse quanto eu paguei?

– Não.

– Bem, sou um homem honesto, embora não muito rico. Só paguei quinze xelins pelo busto e acho que o senhor devia saber disso antes que eu embolse suas dez libras.

– Percebo que é um homem honrado, Sr. Sandeford. Mas ofereci um valor e pretendo mantê-lo.

— Isso é muito gentil da sua parte, Sr. Holmes. Trouxe o busto comigo, conforme pediu. Aqui está!

Ele abriu a bolsa e, finalmente, vimos um exemplar completo daquele busto cujos fragmentos já havíamos visto tantas vezes. Holmes pegou um papel do bolso e colocou uma nota de dez libras sobre a mesa.

— Tenha a gentileza de assinar este papel, Sr. Sandeford, na presença destas testemunhas. Ele diz simplesmente que o senhor transfere todos os direitos que tem sobre este busto para mim. Sou um homem metódico, como vê, e nunca se sabe como as coisas podem virar. Obrigado, Sr. Sandeford, aqui está seu dinheiro e muito boa noite!

Depois que nosso visitante saiu, Sherlock Holmes fez algo surpreendente. Primeiro, pegou uma toalha branca do armário e colocou-a sobre a mesa. Então, depositou o busto recém-adquirido no meio da mesa. Finalmente, pegou seu chicote de caça e desferiu um golpe firme na cabeça do Napoleão. A figura se estilhaçou em pequenos fragmentos e Holmes debruçou-se ansioso sobre os restos. Em seguida, com um grito de triunfo, ergueu um pedaço no qual havia um objeto redondo e escuro, parecendo uma ameixa dentro de um pudim.

— Cavalheiros — ele exclamou —, vejam a famosa pérola negra dos Bórgias!

Lestrade e eu ficamos imóveis por um instante e depois, num impulso instantâneo, começamos a aplaudir juntos, como no fim de um espetáculo. As faces pálidas de Holmes ficaram coradas, e ele fez uma reverência, como um grande ator que recebe a homenagem de sua audiência. Era nesses momentos que, por um instante, ele deixava de ser a máquina de raciocinar, traído por uma necessidade natural de admiração e aplauso. A mesma personalidade reservada que desdenhava a fama era capaz de se emocionar profundamente com o aplauso espontâneo dos amigos.

— Sim, cavalheiros — ele disse —, esta é a pérola mais famosa, atualmente, no mundo. Foi com minha sorte, aliada ao meu raciocínio indutivo, que consegui traçar sua trajetória desde o quarto do príncipe de Colonna, no Hotel Dacre, onde foi perdida, até o interior deste busto de Napoleão, o último dos seis manufaturados por Gelder & Co., de Stepney. Você deve se lembrar, Lestrade, da sensação causada pelo desaparecimento desta valiosa joia e dos vãos esforços da polícia de Londres no sentido de recuperá-la. Eu mesmo fui consultado sobre esse caso, mas não consegui ajudar. A suspeita recaiu sobre a criada da princesa, que era italiana e tinha um irmão em Londres, mas não conseguimos provar o envolvimento deles com o roubo. O nome da empregada era Lucrécia Venucci, e não tenho dúvidas de que esse Pietro, que foi assassinado há dois dias, era irmão dela.

"Estive olhando as datas nos meus arquivos de jornal e descobri que o desaparecimento da pérola foi exatamente dois dias antes de Beppo ser preso por tentativa de assassinato. E isso aconteceu na fábrica da Gelder & Co., no momento em que esses bustos eram produzidos. Agora vocês sabem a sequência dos acontecimentos. Por outro lado, eu tomei conhecimento dessa sequência na ordem inversa. A pérola estava com Beppo. Talvez a tivesse roubado de Pietro, talvez tivesse sido cúmplice de Pietro, ou quem sabe tivesse sido a ligação entre os dois irmãos. Mas isso não nos interessa.

"O que importa é que ele *tinha* a pérola e, naquele momento, estava sendo perseguido pela polícia. Então, fugiu para a fábrica onde trabalhava, sabendo que tinha poucos minutos para esconder aquele objeto extremamente valioso, que seria encontrado quando ele fosse revistado. Seis peças de Napoleão, de gesso, secavam no corredor. Uma delas ainda estava mole. Rapidamente, Beppo, que é um artesão habilidoso, fez um buraco no gesso, colocou a pérola e fechou a abertura com alguns retoques. Era um esconderijo notável. Ninguém poderia encontrá-la. Mas Beppo foi condenado a um ano de prisão, e enquanto isso os seis bustos se espalharam por Londres. E ele não sabia qual deles continha o tesouro. Por isso, precisava quebrá-los para verificar. Chacoalhar o busto também não adiantaria, pois a pérola provavelmente teria aderido ao gesso mole – como, de fato, aconteceu. Beppo não se desesperou, conduzindo sua busca com inteligência e perseverança. Por intermédio de um primo que trabalha na Gelder & Co., ele descobriu quais revendedores compraram os bustos e conseguiu um emprego com Morse Hudson. Dessa forma, obteve o endereço dos compradores de três das peças. A pérola não estava em nenhuma delas. Depois, com a ajuda de algum empregado italiano, descobriu o paradeiro dos três bustos vendidos pela Harding Brothers. O primeiro foi o de Harker. Lá, foi emboscado por seu cúmplice, Pietro, que o responsabilizou pela perda da pérola. Na briga que se seguiu, Beppo esfaqueou o comparsa."

– Se Pietro era cúmplice dele, por que levava uma fotografia de Beppo? – perguntei.

– A razão era óbvia: mostrá-la para outras pessoas com o intuito de achá-lo. Bem, depois do assassinato, calculei que Beppo provavelmente apressaria seus movimentos. Temia que os investigadores descobrissem seus motivos e quis se antecipar à polícia. É claro que eu não sabia se ele encontrara a pérola no busto de Harker. Eu ainda nem tinha concluído que se tratava da pérola, mas parecia-me evidente que ele estava procurando alguma coisa, já que levava a peça para algum lugar iluminado. Sobravam dois bustos, e era óbvio que ele procuraria, primeiro, no que estava em Londres. Avisei os moradores da casa para evitar nova tragédia, e conseguimos pegá-lo. Nesse momento, eu já sabia que era a pérola dos Bórgia que ele procurava. O nome do homem assassinado ligava um crime ao outro. Restava apenas um busto, o de Reading, onde deveria estar a pérola. Comprei-o na presença de vocês e aqui está ela.

Ficamos em silêncio por um instante.

– Bem – disse Lestrade –, já vi você investigar muitos casos, mas não me lembro de um mais magistral. Não temos inveja de você na Scotland Yard, não, senhor! Temos orgulho. E se for até lá amanhã, não haverá ninguém, do mais velho inspetor ao mais novo policial, que não vá querer apertar-lhe a mão.

– Muito obrigado! – disse Sherlock Holmes. – Muito obrigado! – e, quando se virou, pareceu-me que estava mais emocionado do que eu jamais vira. Mas logo voltou a ser o homem lógico e frio de sempre.
– Ponha a pérola no cofre, Watson – disse. – E pegue os documentos do caso de falsificação Conk-Singleton. Até logo, Lestrade. E, se topar com algum desses probleminhas novamente, ficarei feliz em ajudá-lo, se eu puder, dando algumas dicas.

OS TRÊS ALUNOS

Em 1895, uma combinação de fatores – sobre os quais não preciso me deter – fez com que Sherlock Holmes e eu passássemos algumas semanas em uma de nossas maiores cidades universitárias. Foi então que aconteceu a aventura, pequena mas instrutiva, que vou relatar. É óbvio que omiti qualquer detalhe que pudesse identificar a faculdade ou o criminoso. Um escândalo desse tipo poderia muito bem ser deixado no esquecimento. Mas a verdade é que, com a devida discrição, o incidente pode ser contado, já que serve para ilustrar algumas das qualidades que notabilizam meu amigo. Vou tentar, durante minha narrativa, evitar expressões e palavras que possam situar os eventos em algum lugar ou que forneçam pistas sobre as pessoas envolvidas.

Nessa época estávamos morando nuns quartos alugados perto da biblioteca onde Sherlock Holmes realizava pesquisas muito trabalhosas com antigos mapas ingleses. Aliás, essas pesquisas forneceram resultados tão estarrecedores que talvez, no futuro, tornem-se tema de uma de minhas narrativas. Foi lá que, certa noite, recebemos a visita de um conhecido, o Sr. Hilton Soames, professor da Faculdade de St. Luke. O Sr. Soames era alto e magro, de temperamento nervoso. Sempre soube que ele era agitado, mas naquele dia estava tão exaltado que, obviamente, algo tinha acontecido.

– Espero, Sr. Holmes, que possa ceder-me algumas horas do seu valioso tempo. Tivemos um incidente doloroso em St. Luke e, realmente, se não fosse pela feliz coincidência de tê-lo na cidade, eu não saberia o que fazer.

– Estou muito ocupado no momento e preferiria não me desconcentrar – meu amigo respondeu. – Seria melhor se o senhor chamasse a polícia.

– Não, não, meu caro senhor. Isso é totalmente impossível. Uma vez que a lei é acionada, ela não pode mais ser detida, e este é um daqueles casos em que, pela reputação da faculdade, é essencial evitar o escândalo. Sua discrição é tão conhecida como sua habilidade, e é o único homem no mundo que pode me ajudar. Imploro, Sr. Holmes, que me ajude no que puder.

O humor de Sherlock Holmes não tinha melhorado desde que fora privado de seu próprio ambiente na Rua Baker. Ele se sentia pouco à vontade sem seus cadernos de notas, produtos químicos e sua bagunça doméstica. Por fim, deu de ombros numa aceitação pouco gentil, fazendo com que nosso visitante despejasse em nós sua história, atropelando as palavras e gesticulando muito.

– Preciso lhe explicar, Sr. Holmes, que amanhã é o primeiro dia de exames para a bolsa de estudos Fortescue. Sou um dos examinadores e leciono grego. Um dos primeiros exercícios consiste na tradução de um grande texto em grego, que os candidatos só ficam conhecendo na hora da prova. O texto é impresso no papel do exame e, naturalmente, o candidato que pudesse preparar a tradução com antecedência teria uma vantagem imensa. Por esse motivo, tomam-se muitas precauções para manter o conteúdo da prova em segredo.

"Hoje, por volta de três da tarde, a prova veio da gráfica para minha revisão. O exercício consiste em meio capítulo de Tucídides. Li cuidadosamente, pois o texto tem de estar absolutamente correto. Às quatro e meia eu ainda não tinha terminado. Contudo, prometera tomar chá com um amigo. Então, deixei o material sobre a minha escrivaninha e saí por mais de uma hora.

"O senhor sabe que as portas da nossa faculdade são duplas: uma folha leve por dentro e outra pesada, de carvalho, por fora. Ao voltar espantei-me ao ver uma chave na porta externa do meu quarto. Por um instante pensei ter esquecido a chave na fechadura, mas, ao apalpar o bolso, vi que ela estava comigo. Pelo que eu sabia, a única cópia existente ficava com Bannister, meu empregado, um homem que cuida do meu apartamento há dez anos e cuja honestidade está acima de qualquer suspeita. Descobri que aquela chave era realmente a dele, que viera perguntar se eu queria chá e a esquecera na fechadura. O intervalo entre a minha saída e a visita de Bannister deve ter sido de apenas alguns minutos. O descuido dele teria importado pouco em qualquer outra ocasião, mas nesse dia em especial teve consequências extremamente desagradáveis.

"Assim que olhei para minha escrivaninha percebi que alguém andara mexendo nos meus papéis. A prova consistia em três folhas, que eu tinha deixado reunidas. Mas, naquele momento, uma delas estava no chão, outra na mesinha lateral junto à janela e a última permanecia onde eu a deixara."

Holmes mexeu-se pela primeira vez.

– A primeira página no chão, a segunda junto à janela e a terceira onde o senhor a tinha deixado – ele disse.
– Exatamente, Sr. Holmes. O senhor me espanta. Como podia saber?
– Por favor, continue sua história, que está muito interessante.
– Num primeiro momento, imaginei que Bannister tomara a liberdade imperdoável de espiar meus papéis. Mas, ele negou com muita convicção, e acredito que tenha falado a verdade. Outra possibilidade seria que alguém, de passagem, tivesse visto a chave na porta, percebido que eu não estava e aproveitado para olhar as provas. Uma grande quantia de dinheiro está envolvida, pois a bolsa é valiosa, e um homem inescrupuloso correria esse risco para obter uma vantagem sobre seus colegas.

"Bannister ficou muito chateado com o acontecido. Quase desmaiou ao saber que os papéis foram mexidos. Servi-lhe conhaque e deixei-o caído numa cadeira, enquanto examinava cuidadosamente o apartamento. Logo percebi que o invasor deixara outros sinais de sua presença, além das folhas espalhadas. Na mesa junto à janela havia lascas de um lápis que fora apontado, além de uma ponta de grafite quebrada. Evidentemente, o canalha copiou a prova com muita pressa, quebrou a ponta do lápis ao fazê-lo e teve de apontá-lo.

– Excelente! – disse Holmes, que, à medida que se interessava pelo caso, ia recuperando seu bom humor. – O senhor teve sorte.

– Não é tudo. Tenho uma mesa nova, com acabamento em couro vermelho no tampo. Posso jurar, e Bannister também, que o couro estava em perfeitas condições. Pois descobri nela um corte de oito centímetros. Não se trata de um arranhão, mas de um corte mesmo. E tem mais. Sobre a mesa encontrei uma bolinha de massa ou barro preto, com manchas que parecem serragem. Acredito que esses sinais foram deixados pelo homem que fuçou nos meus papéis. Não havia pegadas ou qualquer indício quanto à sua identidade. Eu não sabia o que fazer, e então me ocorreu que o senhor estava na cidade. Vim imediatamente para colocar o caso em suas mãos. Ajude-me, Sr. Holmes, por favor! Entenda meu dilema: preciso descobrir o responsável ou terei de adiar o exame até que uma nova prova seja preparada. Mas isso não pode ser feito sem explicações, o que provocaria um escândalo terrível, que abalaria a credibilidade não só da faculdade como também da universidade. Antes de mais nada, desejo que o assunto seja resolvido discretamente.

– Terei muito prazer em investigar e auxiliá-lo no que puder – disse Holmes, levantando-se e vestindo o casaco. – O caso não é totalmente sem interesse. Alguém esteve em seu apartamento depois que a prova chegou?

— Sim. Um jovem estudante indiano, Daulat Ras, que mora no mesmo prédio. Veio perguntar detalhes sobre a prova.
— É um dos candidatos?
— Sim.
— Os papéis estavam sobre a mesa?
— Acredito que estivessem enrolados.
— Mas ele poderia perceber que se tratava do exame?
— Talvez.
— Ninguém mais esteve em seu apartamento?
— Não.
— Alguém sabia que a prova estaria lá?
— Ninguém, a não ser o tipógrafo.
— Bannister sabia?
— Não, com certeza não. Ninguém sabia.
— Onde ele está agora?
— Ficou doente, o coitado. Deixei-o descansando na cadeira. Eu tinha muita pressa em consultá-lo.
— E deixou a porta aberta?
— Sim, mas tranquei os papéis.
— Então me parece, Sr. Soames, que, a menos que o estudante indiano tenha reconhecido os papéis como sendo a prova, o homem que mexeu neles encontrou-os acidentalmente, sem saber que estavam ali.
— É o que me parece.
Holmes sorriu, misterioso.
— Bem – disse –, vamos lá. Não é um dos seus casos preferidos, Watson. Este é mental, não físico. Mas, tudo bem, pode vir se quiser. Agora, Sr. Soames, estou à sua disposição.

Do pátio coberto de líquen da velha faculdade podíamos ver a janela gradeada, longa e baixa da saleta de nosso cliente. Ao lado, uma porta gótica levava à escada de pedra. No andar térreo ficava o quarto do professor. Acima moravam três alunos, um em cada andar.
Já estava anoitecendo quando chegamos à cena do nosso caso. Holmes parou e observou a janela. Depois se aproximou e, ficando na ponta dos pés, esticou o pescoço para espiar a saleta.
— Ele tem de ter entrado pela porta, pois não há outra entrada – disse o Prof. Soames.
— Ora essa! – disse Holmes, sorrindo de maneira singular para nosso acompanhante. – Bem, se não há nada para se ver aqui, é melhor entrarmos.
Soames abriu a porta e introduziu-nos em seu apartamento. Ficamos na entrada enquanto Holmes examinava o carpete.

— Receio que não temos indícios aqui – disse. – Não se pode esperar encontrar pegadas num dia tão seco. Parece que seu empregado já se recuperou. O senhor disse que o deixou descansando na cadeira. Qual delas?

— Aquela junto à janela.

— Sei. Perto desta mesinha. Podem se aproximar, agora. Já terminei com o carpete. Vamos olhar primeiro a mesinha. O que aconteceu está muito claro. O homem entrou e pegou os papéis, folha por folha, na mesa central, e foi com eles até a mesa junto à janela, porque daqui observava o pátio e veria quando o senhor voltasse, podendo assim escapar.

— Na verdade, não – disse Soames –, pois eu entrei pela porta lateral.

— Ah, muito bem! De qualquer forma, foi o que ele pensou. Deixe-me ver os papéis. Sem impressões digitais... Bem, ele pegou a primeira folha e a copiou. Quanto tempo levou, mesmo usando todas as abreviações possíveis? Pelo menos quinze minutos. Então colocou a folha de lado e pegou a seguinte. Estava no meio dela quando o senhor voltou e fez com que ele se retirasse rapidamente... *muito* rapidamente, já que não teve tempo de colocar os papéis no lugar. O senhor se lembra de ter ouvido passos na escada quando entrou pela porta?

— Não, acho que não.

— Bem, ele escreveu com tanta pressa que quebrou a ponta e, como o senhor notou, teve de apontar o lápis. Isso é interessante, Watson. Não era um lápis comum: maior que o normal, com grafite macio, azul por fora, com o nome do fabricante em prata. O pedaço restante tem cerca de quatro centímetros. Encontre esse lápis, Sr. Soames, e terá encontrado o sujeito. Como ajuda adicional, digo-lhe que ele possui uma faca grande e cega.

O Sr. Soames estava pasmo com tanta informação.

— Compreendo os outros pontos – ele disse –, mas a questão do comprimento...

Holmes mostrou uma lasca com as letras NN e um espaço em branco depois delas.

— Percebe?

— Não, receio que mesmo assim...

— Watson, sempre fui injusto com você. Existem outros. O que poderia significar NN? É o final de uma palavra. Vocês sabem que Johann Faber é o fabricante de lápis mais comum. Não parece óbvio que o comprimento do lápis restante é o que sobrou depois de Johann?

— Holmes trouxe a mesinha para perto da luz elétrica. – Esperava que pudesse ter deixado algum traço na superfície da mesa, se o papel em que escreveu fosse fino. Mas não vejo nada. Agora, vamos ver a

mesa central. Esta bolinha é, presumo, a massa negra de que me falou. Formato mais ou menos piramidal, com grãos de serragem, como o senhor falou. Ora, ora. Isto é interessante. E o corte... um verdadeiro rasgo. Começou com um arranhão e terminou fazendo um buraco. Agradeço-lhe por chamar minha atenção para este caso, Sr. Soames. Para onde dá aquela porta?
— Para o meu dormitório.
— Esteve lá depois que descobriu a invasão?
— Não. Fui procurar o senhor imediatamente.
— Eu gostaria de dar uma olhada. Que belo quarto antigo! Esperem um instante enquanto examino o chão. Não, não vejo nada. E a cortina? Pendura as roupas atrás dela. Se alguém precisasse se esconder neste quarto, teria de ser atrás dela, pois a cama é muito baixa e o guarda-roupa não tem profundidade. Imagino que não tenha ninguém aí?
Quando Holmes puxou a cortina, percebi que estava pronto para tudo, pois havia certa rigidez e alerta em sua atitude. Mas a cortina nada revelou, a não ser três ternos numa arara de roupas. Holmes virou-se e, repentinamente, se abaixou.
— Opa! O que é isto? — disse.
Era uma bolinha de material escuro, semelhante à encontrada na mesa do escritório. Holmes colocou-a na palma da mão, sob a luz elétrica.
— Parece que seu visitante deixou marcas no quarto, além de na saleta.
— O que ele queria aqui?
— Acho que é óbvio. O senhor voltou por um lugar inesperado. Assim, ele não percebeu que se aproximava até estar à porta. O que ele podia fazer? Pegou tudo o que pudesse denunciá-lo e correu para se esconder no quarto.
— Bom Deus, Sr. Holmes! Quer dizer que, durante todo o tempo em que estive conversando com Bannister na saleta, o homem era nosso prisioneiro e não sabíamos?
— É assim que penso.
— Deve haver outra possibilidade, Sr. Holmes. Não sei se reparou na janela do meu quarto.
— Três janelas separadas, todas gradeadas, sendo que uma delas abre-se o suficiente para dar passagem a um homem.
— Exatamente. E seu ângulo para o pátio faz com que seja parcialmente invisível. O homem pode ter entrado por lá, deixando marcas de sua passagem pelo quarto e, finalmente, ao ver que a porta estava aberta, saiu por ali.
Holmes balançou a cabeça, impaciente.

— Vamos ser práticos — disse. — O senhor disse que três alunos usam a escada, passando pela sua porta.
— Isso mesmo.
— E todos são candidatos à bolsa de estudos?
— Sim.
— O senhor tem motivos para suspeitar de algum deles em especial?
Soames hesitou.
— É uma questão delicada — respondeu. — Não gosto de lançar suspeitas sem provas.
— Vamos ouvir as suspeitas. Deixe as provas comigo.
— Vou lhe contar, então, sobre a personalidade dos três rapazes que moram nesses três apartamentos. No primeiro andar fica Gilchrist, bom estudante e atleta. Joga rúgbi e críquete pela faculdade. Pegou primeiro lugar em corrida com obstáculos e salto em distância. É um bom rapaz. Seu pai era o famoso *Sir* Jabez Gilchrist, que perdeu tudo nas corridas de cavalos. O rapaz ficou sem nada, muito pobre, mas é aplicado e inteligente. Vai se dar bem.

"No segundo andar mora Daulat Ras, o indiano. É um rapaz quieto e reservado, como a maioria dos indianos. Vai bem nos estudos, embora grego seja seu ponto fraco. É metódico e perseverante.

"O último andar é de Miles McLaren. É brilhante quando quer. Uma das maiores inteligências da universidade, mas é instável, esbanjador e inescrupuloso. Quase foi expulso, no primeiro ano, por causa de um escândalo com jogo de cartas. Vagabundeou todo o semestre e deve estar com medo do exame."

— É dele, então, que suspeita?
— Não iria tão longe. Mas, dos três, seria o mais provável.
— Muito bem. Agora, Sr. Soames, vamos falar com Bannister.

Era um homem baixo, pálido, grisalho e com cerca de cinquenta anos. Ainda estava aflito com aquela repentina perturbação de sua vida rotineira. O rosto redondo contorcia-se de nervosismo e não conseguia parar com os dedos.

— Estamos investigando esse triste acontecimento, Bannister — disse o patrão.
— Sim, senhor.
— Soube que você esqueceu a chave na porta — disse Holmes.
— Sim, senhor.
— Não é estranho que isso aconteça justamente no dia em que esses papéis chegaram?
— Foi uma infelicidade. Mas isso já aconteceu outras vezes.
— Quando entrou no quarto?

— Por volta de quatro e meia. É a hora em que o Prof. Soames toma o chá.
— Quanto tempo ficou?
— Quando vi que ele não estava, saí imediatamente.
— Olhou os papéis sobre a mesa?
— Não, senhor, claro que não.
— Como foi que deixou a chave na porta?
— Eu estava carregando a bandeja de chá. Pensei em voltar depois para pegar a chave, mas esqueci.
— A porta externa tem tranca?
— Não, senhor.
— Alguém que estivesse dentro do quarto poderia sair?
— Sim, senhor.
— Quando o Prof. Soames voltou e o chamou, você ficou muito chateado?
— Sim, senhor. Nunca aconteceu algo assim em todos os anos que trabalho aqui. Quase desmaiei.
— Foi o que eu soube. Onde você estava quando começou a se sentir mal?
— Onde eu estava? Ora, aqui, perto da porta.
— É estranho. Por que foi se sentar naquela cadeira lá longe, passando por essas outras?
— Não sei, não, senhor. Nem pensei nisso.
— Realmente, Sr. Holmes, acho que isso não importa. Ele parecia muito abatido, quase um fantasma.
— Você permaneceu aqui quando seu patrão saiu?
— Apenas um minuto ou dois. Depois tranquei a porta e fui para o meu quarto.
— De quem você suspeita?
— Oh, não me arriscaria a dizer, senhor. Não acredito que algum membro desta universidade seria capaz de fazer isso. Não, senhor, não acredito nisso.
— Obrigado. É o suficiente — disse Holmes. — Ah, só mais uma coisa: você disse a algum dos três rapazes que algo de errado estava acontecendo?
— Não, senhor. Nem uma palavra.
— Viu algum deles?
— Não, senhor.
— Ótimo. Agora, Sr. Soames, vamos dar um passeio no pátio, por favor.

Três quadrados iluminados, as janelas dos estudantes, brilhavam no escuro.

Os Três Alunos

— Seus três pássaros estão nos ninhos — disse Holmes olhando para cima. — Opa! O que é aquilo? Um deles parece bastante agitado! Era o indiano, cuja silhueta apareceu repentinamente na janela. Ele andava rapidamente de um lado para outro.

— Quero falar com cada um deles — disse Holmes. — É possível?

— Não há problema algum — respondeu Soames. — Este conjunto de apartamentos é o mais antigo da faculdade, e é comum que recebam visitantes. Venha, vou apresentá-los pessoalmente.

— Não mencione nossos nomes, por favor! — disse Holmes, quando batemos à porta de Gilchrist.

Um rapaz alto e magro, de cabelo amarelo, abriu a porta e nos convidou a entrar quando soube do que se tratava. Dentro do aposento havia curiosas peças medievais. Holmes ficou tão encantado com uma delas que insistiu em desenhá-la em seu caderno de notas. Nisso quebrou a ponta do lápis, tomou emprestado um de Gilchrist e, finalmente, pediu uma faca para afiar o seu. Esse mesmo acidente aconteceu com ele nos aposentos do indiano — um sujeito calado, baixo, de nariz adunco que nos olhou enviesado e ficou feliz quando Holmes terminou seus estudos arquiteturais. Pelo que percebi, Holmes não encontrara, em nenhum dos dois locais, a pista que estava procurando. Não conseguimos realizar a terceira visita. A porta externa não foi aberta quando batemos, e nada além de palavrões veio de dentro.

— Não me importa quem sejam. Vão para o inferno! — rugiu a voz irritada. — O exame é amanhã e ninguém vai me atrapalhar.

— Um rapaz malcriado — disse o professor, corando de indignação quando voltávamos para a escada. — É claro que ele não imaginou que quem batia era eu, mas, de qualquer forma, foi um comportamento muito mal-educado e, nas atuais circunstâncias, muito suspeito.

A resposta de Holmes foi curiosa.

— Sabe me dizer a altura exata dele?

— Não sei dizer, Sr. Holmes. Ele é mais alto que o indiano, embora não seja tão alto quanto Gilchrist. Suponho que tenha em torno de 1,70 metro.

— Isso é muito importante! — disse Holmes. — E agora, Sr. Soames, boa noite.

— Bom Deus, Sr. Holmes! — nosso cliente gritou, atônito e desesperado. — O senhor não vai me abandonar desta forma! Parece que não compreende o problema. O exame é amanhã. Preciso fazer algo de definitivo esta noite. Não posso permitir que o exame se realize se uma das provas foi violada. Preciso encarar a situação.

— Deixe tudo como está. Eu volto amanhã cedo para conversarmos. É possível que eu consiga sugerir o que deve ser feito. Enquanto isso, não faça nada... nada mesmo.

— Está bem, Sr. Holmes.
— Pode ficar tranquilo. Com certeza encontraremos uma forma de livrá-lo de suas dificuldades. Vou levar as bolinhas de barro comigo e também as lascas de lápis. Até logo.

Quando saímos novamente para a escuridão do pátio, olhamos para as janelas acima. O indiano ainda caminhava em seu quarto. Não conseguíamos ver os outros.

— Bem, Watson, o que acha disso tudo? — perguntou Holmes quando saímos na rua principal. — Um joguinho de salão... um truque com três cartas, não lhe parece? Temos os três rapazes. Deve ser um deles. Arrisque um palpite. Quem você escolhe?

— O desbocado do terceiro andar. Ele tem a pior ficha. Ainda assim, o indiano é bem furtivo. Por que fica andando de lá para cá em seu quarto?

— Não há nada de mais nisso. Muitas pessoas fazem isso quando tentam decorar algo.

— Ele olhou para nós de forma estranha.

— Você faria o mesmo se um grupo de estranhos aparecesse quando estivesse se preparando para um exame no dia seguinte e cada momento fosse importante. Não, não vejo nada de mais nisso também. Os lápis e as facas também nada tinham de especial. Mas aquele sujeito *realmente* me intriga.

— Quem?

— Ora, Bannister, o empregado. Que papel ele representa nessa peça?

— Pareceu-me um homem perfeitamente honesto.

— Para mim também. Isso é intrigante. Por que um homem perfeitamente honesto... bem, bem, chegamos à papelaria. Vamos começar nossa pesquisa.

Havia quatro papelarias na cidade. Em cada uma delas Holmes mostrou suas lascas de lápis e pediu por um produto que deixasse aqueles restos. Todos disseram que poderiam encomendar, mas não era um lápis muito comum, por isso não mantinham em estoque. Meu amigo não pareceu contrariado com essa falta de sorte, apenas dando de ombros, numa resignação bem-humorada.

— Isso não é bom, meu caro Watson. Esta, que era a melhor e última prova, resultou em nada. Mas, mesmo assim, acho que conseguiremos elucidar o caso sem ela. Ora essa! Meu caro amigo, já são quase nove horas, e a senhoria falou que serviria ervilhas frescas às sete e meia. Com esse seu vício de fumar, Watson, e sua impontualidade às refeições, acho que logo receberá um convite para se retirar e terei de acompanhá-lo. Não, contudo, antes de resolver o problema do professor nervoso, do empregado descuidado e dos três alunos.

Holmes não fez mais alusão ao assunto, embora tenha ficado pensativo durante bastante tempo, depois de nosso jantar tardio. Às oito da manhã ele entrou no meu quarto, quando eu acabava de me arrumar.
— Bem, Watson — ele disse —, é hora de irmos até St. Luke. Consegue ir sem tomar café?
— Claro.
— Soames vai estar uma pilha de nervos até que possamos lhe dizer algo.
— E você vai poder lhe dizer alguma coisa?
— Acho que sim.
— E já chegou a alguma conclusão?
— Sim, meu caro Watson, já resolvi o mistério.
— Mas conseguiu alguma nova pista?
— Não foi à toa que caí da cama às seis da manhã. Trabalhei duro nas últimas duas horas e andei pelo menos oito quilômetros, mas voltei com algo para mostrar. Veja isto!
Ele abriu a mão. Sobre a palma havia três pequenas pirâmides de barro negro.
— Ora, Holmes, você só tinha dois pedaços, ontem.
— Consegui um esta manhã. É justo deduzir que os números 1 e 2 vieram do mesmo lugar que o número 3. Que tal, Watson? Vamos, precisamos aliviar a dor de nosso amigo Soames.

O infeliz professor estava tão nervoso que dava pena, quando o encontramos em seus aposentos. Em poucas horas começaria o exame, e ele ainda vivia a dúvida de tornar o fato público ou permitir que o culpado competisse à valiosa bolsa de estudos. Sua agitação era tão grande que ele não conseguia ficar parado, e correu até Holmes com as duas mãos estendidas.
— Graças a Deus que veio! Receei que tivesse desistido, sem esperanças. O que devo fazer? O exame pode ser feito?
— Claro, deve permitir o exame.
— Mas esse canalha...?
— Ele não participará.
— Então, sabe quem é?
— Acho que sim. Se não pretendemos tornar o assunto público, temos de nos atribuir certos poderes e resolver tudo entre nós, numa espécie de corte marcial. Fique ali, Soames, por favor. Watson, você

aqui. Eu ficarei na poltrona do meio. Acho que assim conseguiremos impor medo numa mente culpada. Por favor, toque a campainha!

Bannister entrou, encolhendo-se de surpresa e medo frente à nossa aparência judicial.

– Por favor, feche a porta – disse Holmes. – Agora, Bannister, quer nos contar a verdade sobre o incidente de ontem?

O homem ficou branco até a raiz do cabelo.

– Já lhe contei tudo.

– Não quer acrescentar nada?

– Não, senhor.

– Bem, então eu tenho que fazer algumas sugestões. Quando se sentou naquela cadeira, ontem, foi para esconder algum objeto que evidenciaria quem esteve naquela saleta?

O rosto de Bannister tornou-se fantasmagórico.

– Não, senhor, claro que não.

– É apenas uma sugestão – disse Holmes. – Francamente admito que não posso afirmar, mas me parece provável que, no momento em que o Sr. Soames virou as costas, você soltou a pessoa que estava escondida no dormitório.

Bannister passou a língua pelos lábios secos.

– Não havia ninguém ali, senhor.

– Ah, é uma pena, Bannister. Até agora podia ser que estivesse falando a verdade, mas agora sei que está mentindo.

O rosto dele assumiu uma expressão desafiadora.

– Não havia ninguém ali, senhor.

– Ora, ora, Bannister!

– Não, senhor, não havia ninguém.

– Nesse caso, não pode nos dar mais informações. Quer ter a bondade de permanecer na sala? Fique ali, perto da porta do dormitório. Agora, Soames, peço que faça a grande gentileza de subir ao quarto do jovem Gilchrist e pedir-lhe que venha até aqui.

Logo depois o professor voltou, acompanhando o aluno. Era um bonito rapaz, alto, ágil, com passo decidido e rosto agradável. Seus olhos azuis encararam cada um de nós com preocupação, até que pararam no outro canto, desanimados, em Bannister.

– Por favor, feche a porta – disse Holmes. – Agora, Sr. Gilchrist, estamos só nós aqui e ninguém precisa saber o que vamos conversar. Podemos ser perfeitamente sinceros. Queremos saber, Sr. Gilchrist, como você, um homem honrado, pôde cometer um ato intolerável como o de ontem.

O jovem infeliz cambaleou para trás ao mesmo tempo em que lançava um olhar cheio de medo e reprovação a Bannister.

— Não, não, Sr. Gilchrist, não falei nada, nem uma palavra! — exclamou o empregado.

— Mas falou agora — disse Holmes. — Agora, senhor, depois do que disse Bannister, sabe que sua situação é insustentável e que sua única chance é uma confissão sincera.

Por um instante, Gilchrist tentou se controlar, mas logo se ajoelhou ao lado da mesa e, escondendo o rosto entre as mãos, irrompeu num choro desesperançado.

— Vamos, vamos — disse Holmes gentilmente —, errar é humano, e pelo menos ninguém pode acusá-lo de ser um criminoso insensível. Talvez seja melhor que eu conte ao Sr. Soames o que aconteceu e que você me corrija onde eu errar. Vamos fazer assim? Ora, ora, não precisa responder. Escute e cuide para que eu não lhe faça nenhuma injustiça.

"Sr. Soames, a partir do momento em que me disse que ninguém, nem mesmo Bannister, poderia saber que a prova estava em seu apartamento, o caso começou a tomar forma em minha cabeça. O tipógrafo, é claro, podia ser deixado de lado. Ele poderia ter copiado o exame na própria gráfica, se quisesse. Também pensei que o indiano não sabia de nada. Se a prova estava enrolada, ele não saberia do que se tratava. Por outro lado, parecia uma coincidência inconcebível que alguém ousasse entrar no seu apartamento e, por acaso, naquele dia, os papéis estivessem sobre a mesa. Dispensei essa hipótese. O homem que entrou tinha consciência do que fazia. Mas como?

"Ao me aproximar do seu apartamento, examinei a janela. O senhor supôs que eu pensava na possibilidade de alguém, em plena luz do dia, sob os olhos de todas as janelas que dão para o pátio, ter forçado a entrada através da sua janela. Mas essa ideia era absurda. Eu estava, na verdade, avaliando a altura que um homem precisaria ter para ver que a prova estava sobre a mesa. Eu tenho 1,83 metro e só consegui fazê-lo com certo esforço. Ninguém mais baixo teria chance. Veja que eu tinha razão em deduzir que, se um dos seus alunos fosse muito alto, ele seria o suspeito mais provável dentre os três.

"Entrei e contei-lhe minhas sugestões quanto à mesa lateral. Sobre a mesa central eu não podia deduzir nada, até que me contou, em sua descrição, que Gilchrist praticava salto em distância. Então tudo ficou claro para mim, e só precisei de algumas provas que corroborassem minha dedução, o que obtive rapidamente.

"O que aconteceu foi o seguinte: este jovem passou a tarde na pista de atletismo, onde praticou salto. Voltou carregando seus sapatos de salto que, como sabe, têm travas pontudas na sola. Passando pela janela viu, por causa de sua elevada estatura, a prova sobre a mesa e perguntou-se o que seria. Nada teria acontecido se, ao passar diante da porta do seu apartamento, não tivesse visto a chave na fechadura, deixada por seu empregado distraído. Teve um impulso repentino de entrar e verificar se aqueles papéis eram, realmente, a prova. Não havia perigo, pois sempre poderia fingir que estava simplesmente procurando-o.

"Quando viu que aquele era o exame de grego, cedeu à tentação. Então colocou os sapatos sobre a mesa. O que você colocou na cadeira junto à janela?"

– Luvas – respondeu o jovem.

– Ele colocou as luvas na cadeira – continuou Holmes, lançando um olhar vitorioso para Bannister –, e pegou a prova, folha por folha, para copiá-la. Gilchrist pensou que o professor voltaria pelo pátio, de modo que o veria. Mas sabemos que o professor veio pelo portão lateral. De repente, o jovem o ouviu já em frente à porta. Não havia como escapar. Ele esqueceu as luvas, mas pegou os sapatos e correu para o dormitório. Veja que o arranhado na mesa começa leve mas se aprofunda na direção da porta do quarto. Só isso basta para nos mostrar que o sapato foi arrastado naquela direção e que ali se escondeu o culpado. A terra que se acumulara em torno das travas foi encontrada na mesa e também no quarto. Posso acrescentar que fui até a pista de atletismo, vi o barro preto usado na caixa de saltos e peguei uma amostra, juntamente com a serragem que é usada para evitar que o atleta escorregue. O que eu disse está correto, Sr. Gilchrist?

O estudante se aprumara.

– Sim, senhor, é verdade – ele disse.

– Bom Deus, você não tem nada a acrescentar?! – exclamou Soames.

– Sim, senhor, eu tenho, mas o choque desta revelação me desnorteou. Tenho uma carta aqui, Prof. Soames, que lhe escrevi esta manhã, depois de uma noite sem dormir. Foi antes de saber que meu erro fora descoberto. Ela está aqui. Verá que eu digo: "Decidi não participar do exame. Recebi oferta para um posto na Polícia da Rodésia[1] e parto imediatamente para a África do Sul".

– Fico satisfeito de saber que não pretendia lucrar com a vantagem conseguida deslealmente – disse Soames. – Mas por que mudou de ideia?

Gilchrist apontou para Bannister.

– Vamos lá, Bannister – disse Holmes. – Está claro pelo que eu disse que só você podia tê-lo deixado sair do quarto, já que estava

---

[1] Atual Zimbábue.

sozinho no apartamento e deve ter trancado a porta quando saiu. Quanto a ele fugir pela janela, isso é inacreditável. Por que não esclarece o último ponto do mistério e nos conta suas razões para agir como agiu?

– É muito simples, senhor, mas, mesmo com toda a sua inteligência, não conseguiria descobrir. Acontece que fui o mordomo de *Sir* Jabez Gilchrist, pai deste jovem. Quando ele foi à falência vim para o colégio como criado, mas não me esqueci de meu antigo empregador só porque ele estava em má situação. Cuidei de seu filho o melhor que pude, em memória dos velhos tempos. Quando entrei neste quarto, ontem, depois do alarma dado pelo professor, imediatamente vi as luvas sobre aquela cadeira. Eu sabia de quem eram e compreendi o que significavam. Se o Sr. Soames as visse, tudo estaria acabado. Então sentei naquela cadeira e nada me tiraria dali até que o Sr. Soames saiu para falar com o senhor. Nesse momento meu patrãozinho, que ajudei a criar, pôde sair do quarto e me confessou tudo. Não seria natural, meu senhor, que eu tentasse salvá-lo e conversasse com ele como seu falecido pai teria feito, de modo que compreendesse que não poderia tirar vantagem daquilo? O senhor pode me culpar?

– Não, é claro que não – respondeu Holmes, levantando-se. – Bem, Soames, acho que resolvemos seu probleminha e nosso café da manhã nos aguarda. Vamos, Watson! Quanto a você, Gilchrist, espero que um futuro melhor o aguarde na Rodésia. Aqui, você desceu muito. Vamos ver, no futuro, a que altura consegue chegar.

O PINCENÊ DE OURO

Quando folheio os três grossos volumes manuscritos que registram nosso trabalho durante o ano de 1894, confesso que encontro muita dificuldade para selecionar, tal a riqueza do material, os casos que sejam mais interessantes e que, ao mesmo tempo, sirvam para ilustrar o talento especial que tornou famoso meu amigo Sherlock Holmes. Virando as páginas, passo pela história repulsiva da sanguessuga vermelha e pela terrível morte de Crosby, o banqueiro. Também encontro a tragédia de Addleton e a peculiar aventura do antigo túmulo inglês. O famoso caso da herança Smith-Mortimer também é desse período, bem como a procura e prisão de Huret, o assassino do bulevar – um caso que fez Holmes receber uma carta de próprio punho do presidente da França, além da Comenda da Legião de Honra. Cada um deles daria uma boa história mas, de modo geral, creio que nenhum reúne tantas características interessantes como o episódio de Yoxley Old Place, que agrega não somente a lamentável morte do jovem Willoughby Smith, mas também os desdobramentos que curiosamente ajudaram a esclarecer as causas do crime.

Era uma noite tempestuosa no final de novembro. Holmes e eu permanecemos sentados em silêncio durante toda a noite. Ele tentava decifrar, com uma lente poderosa, os restos de uma inscrição original num palimpsesto, enquanto eu lia um novo tratado sobre cirurgia. Lá fora o vento uivava pela Rua Baker, e a chuva batia furiosamente contra as janelas. No meio da metrópole, cercados por quilômetros de obras feitas pelo homem, era estranho sentir a fúria da natureza e ter a consciência de que, para os poderes elementais, toda a Londres não significava mais que um cupinzeiro no campo. Fui até a janela e olhei para a rua deserta. As lâmpadas públicas brilhavam sobre a rua molhada. Uma única carruagem vinha da Rua Oxford.

– Ainda bem que não temos de sair esta noite, Watson – disse Holmes, pondo de lado sua lente e enrolando o palimpsesto. – Já fiz demais por hoje. Isto aqui cansa os olhos. Ainda não descobri nada mais interessante que o cotidiano de uma abadia na segunda metade do século XV. Opa! O que é isso?

Em meio ao gemer do vento ouvimos cascos de cavalo e o ranger longo de uma roda raspando contra a calçada. A carruagem que eu vira parou em frente à nossa porta.

– O que será que ele quer? – indaguei, quando um homem saiu de dentro dela.

– O que ele quer? Nós. E nós, meu pobre Watson, quereremos casacos, galochas e tudo o que o homem já inventou para lutar contra as intempéries. Espere um pouco! A carruagem está partindo! Ainda temos esperança. A carruagem teria esperado, se ele quisesse que o acompanhássemos. Desça e abra a porta, meu amigo, pois os empregados há muito estão dormindo.

Quando a luz da luminária do vestíbulo caiu sobre nosso visitante noturno, pude ver que era o jovem Stanley Hopkins, inspetor de polícia, em cuja carreira Holmes já mostrara, por diversas vezes, um particular interesse.

– Ele está? – perguntou o jovem.

– Suba, meu caro senhor – Holmes chamou lá de cima. – Espero que não queira nos tirar de casa numa noite como esta.

O detetive subiu a escada, e nossa luminária brilhou no impermeável brilhante. Ajudei-o a tirá-lo enquanto Holmes atiçava o fogo na lareira.

– Agora, meu caro Hopkins, aproxime-se e aqueça seus pés – disse. – Pegue um charuto. O Dr. Watson tem uma receita com água quente e limão que é ótimo remédio para este clima. Você deve ter algo importante, para vir aqui no meio dessa tempestade.

– Realmente, Sr. Holmes. Tive uma tarde cheia, garanto-lhe. Viu algo sobre o caso Yoxley nas últimas edições dos jornais?

– Hoje não li nada que seja posterior ao século XV.

– Bem, só saiu um parágrafo, e está tudo errado, de modo que não perdeu nada. Não parei um instante hoje. Foi em Kent, a onze quilômetros de Chatham e a cinco da linha de trem. Chamaram-me por telegrama às três e quinze, cheguei a Yoxley Old Place às cinco, conduzi a investigação e peguei o último trem para a estação de Charing Cross, de onde vim imediatamente para cá com a carruagem.

– O que significa, suponho, que você não está muito seguro sobre o caso.

– Significa que não entendo nada do que está acontecendo. Até agora tem sido o negócio mais embaralhado de que já cuidei, ainda que a princípio parecesse tão simples que ninguém pudesse se enganar.

Isso é o que me preocupa, Sr. Holmes – não consigo encontrar um motivo. Temos um cadáver, – não há como negar isso, mas, até onde eu sei, ninguém neste mundo lhe desejava mal.

Holmes acendeu o charuto e recostou-se na poltrona.

– Conte-nos do que se trata – disse.

– Os fatos parecem claros – começou Stanley Hopkins. – Tudo o que preciso saber é o que eles significam. A história, até onde consegui levantar, é a seguinte: há alguns anos essa casa de campo, Yoxley Old Place, foi comprada por um senhor de idade chamado Professor Coram. Ele é muito doente e fica na cama a metade do dia; na outra metade, anda mancando pela propriedade com uma bengala ou empurrado na cadeira de rodas pelo jardineiro. Os poucos vizinhos que o visitam gostam muito dele, pois tem a reputação de ser um homem muito culto. Sua criadagem consiste na governanta idosa, a Sra. Marker, e Susan Tarlton, a criada. Estão com ele desde que chegou, e parece que as duas têm caráter excelente. O professor está escrevendo um livro acadêmico e julgou necessário, há coisa de um ano, contratar um secretário. Os dois primeiros que empregou não deram certo, mas o terceiro, Willoughby Smith, jovem recém-saído da universidade, parecia ser tudo o que seu patrão queria. Seu trabalho consistia em, pela manhã, escrever tudo o que o professor ditasse. À tarde normalmente procurava referências e citações para o dia seguinte. Não há nada contra esse Willoughby Smith, nem quando garoto em Uppingham, nem como estudante em Cambridge. Vi suas cartas de recomendação e, desde o princípio, parecia um sujeito decente, reservado e trabalhador, sem qualquer ponto fraco. Ainda assim, foi esse jovem que morreu esta manhã, no escritório do professor, sob circunstâncias que só podem significar assassinato.

O vento uivava e gritava nas janelas. Holmes e eu aproximamo-nos da lareira enquanto o jovem inspetor desenvolvia, lenta e meticulosamente, sua narrativa.

– Duvido que se alguém procurasse, em toda a Inglaterra – ele continuou –, encontraria lar mais equilibrado e livre de influências externas. Semanas se passavam sem que um deles saísse pelo portão do jardim. O professor vivia para seu trabalho e nada mais. O jovem Smith não conhecia ninguém nas vizinhanças e vivia, como seu patrão, também exclusivamente para o trabalho. As duas mulheres não saíam de casa. Mortimer, o jardineiro, é pensionista do Exército, veterano da Guerra da Crimeia; sujeito de caráter excelente. Ele não mora na casa. Fica num chalé de três cômodos, do outro lado do jardim. Essas são as pessoas que moram na propriedade. Por outro lado, o portão fica a cem metros da principal estrada Londres–Chatham. Tem um ferrolho simples e nada que possa impedir alguém de entrar.

"Agora vou lhes contar o depoimento de Susan Tarlton, a única pessoa que conseguiu relatar algo concreto sobre o caso. Entre onze da manhã e meio-dia, ela estava pendurando cortinas no quarto superior da frente. O Professor Coram continuava na cama, pois quando o tempo está ruim ele raramente se levanta antes de meio-dia. A governanta estava ocupada com alguma coisa nos fundos da casa. Willoughby Smith estivera em seu quarto, que usa como sala de estar, mas a criada ouviu-o, naquele momento, passando pelo corredor e descendo para o escritório, que fica logo abaixo do quarto onde a moça estava. Ela não o viu, mas garante que não confundiria o passo firme e ágil do rapaz. Ela não ouviu a porta do escritório ser fechada, mas logo depois veio um grito terrível do quarto embaixo. Foi um grito desesperado, rouco, tão estranho e forçado que tanto poderia ser de homem como de mulher. Ao mesmo tempo houve um baque surdo, que estremeceu a velha casa. Então, tudo ficou em silêncio. A empregada ficou petrificada por um instante. Mas depois, recuperando a coragem, correu escada abaixo. A porta do escritório estava fechada e ela a abriu. Lá dentro, o jovem Willoughby Smith jazia esticado no chão. Primeiro ela não viu ferimento algum, mas quando tentou levantá-lo percebeu o sangue escorrendo do pescoço. Este apresentava um ferimento pequeno mas muito profundo, que cortou a artéria carótida. O instrumento que causara o corte estava sobre o carpete. Era um abridor de cartas antiquado, com cabo de marfim e lâmina dura. Fazia parte do conjunto de escritório da mesa do professor.

"A princípio, a criada pensou que o jovem Smith estivesse morto, mas, ao jogar um pouco de água em sua testa, ele abriu os olhos. 'O professor... foi ela', murmurou o jovem. A criada jura que foram essas, exatamente, as palavras do moribundo. Ele ainda tentou, desesperadamente, falar algo mais. Esticou a mão direita no ar e depois caiu morto.

"Enquanto isso, a governanta também chegou à cena do crime, mas muito tarde para ouvir as palavras da vítima. Deixando Susan com o cadáver, ela correu para o quarto do professor, que estava muito agitado, sentado na cama, pois ouvira o suficiente para saber que algo horrível acontecera. A Sra. Marker jura que o professor ainda vestia o pijama, aliás, seria impossível que ele se vestisse sem a ajuda de Mortimer, que tinha ordens para vir ao meio-dia. O professor declarou que ouviu um grito distante e só. Ele não vê explicação para as últimas palavras do jovem: 'O professor... foi ela', mas imagina que sejam produto de um delírio. Ele acredita que Willoughby Smith não tinha um inimigo sequer no mundo e não consegue encontrar motivo

O Pincenê de Ouro 61

para o crime. Sua primeira atitude foi mandar Mortimer, o jardineiro, até a delegacia local. Logo depois o policial encarregado mandou me chamar. Nada foi mexido antes que eu chegasse, e ordens estritas foram dadas para que ninguém andasse nas trilhas que levam até a casa. Era uma chance esplêndida de colocar suas teorias em prática, Sr. Sherlock Holmes. Não faltava nada."

– A não ser Sherlock Holmes – disse meu amigo, com um sorriso amargo. – Bem, vamos ouvir. O que você fez?

– Peço-lhe primeiro para examinar este esquema, Sr. Holmes, que lhe dará uma ideia aproximada do escritório do professor e dos vários pontos do caso. Vai ajudá-lo a seguir minha investigação.

Ele desdobrou seu desenho, que reproduzo a seguir, e entregou-o para Holmes. Eu me levantei, ficando atrás dele e observando por sobre seu ombro.

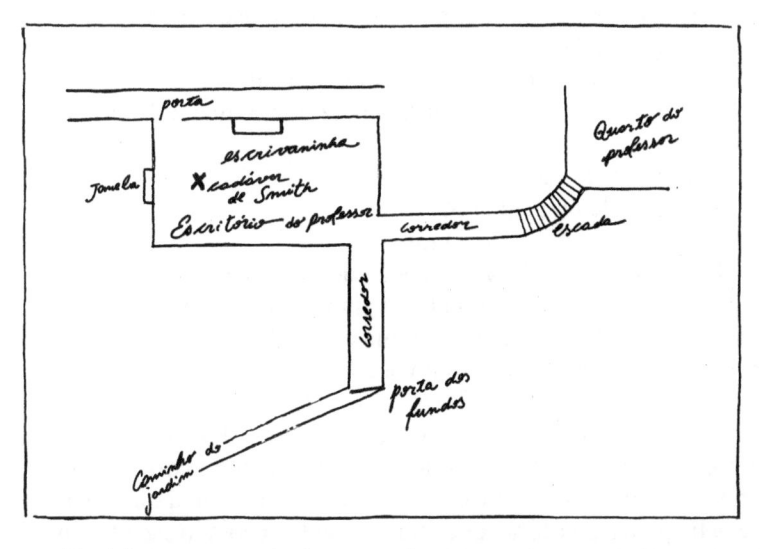

– Está bem tosco, é claro, e só representa os pontos que me pareceram essenciais. Todo o resto o senhor verá mais tarde. Em primeiro lugar, supondo que o assassino veio de fora, como ele entrou na casa? Sem dúvida pelo caminho que atravessa o jardim e chega até a porta dos fundos, de onde se tem acesso direto ao escritório. Qualquer outro caminho seria excessivamente complicado. A fuga também deve ter sido por ali, pois, das outras duas saídas daquela sala, uma estava bloqueada por Susan, que descia correndo a escada, e a outra leva ao quarto do professor. Portanto, concentrei minha investigação no jardim, que, devido às chuvas recentes, certamente apresentaria pegadas.

"Meu exame mostrou que eu lidava com um assassino cuidadoso e experiente, pois não encontrei marcas no caminho. Não havia dúvida, contudo, de que alguém passara pela grama que ladeia o caminho, de forma a não deixar pegadas. Não encontrei nenhuma marca distinta, mas a grama estava pisoteada. E só pode ter sido pelo criminoso, pois ninguém, nem mesmo o jardineiro passou por ali de manhã, e a chuva começou à noite".

– Um minuto – interrompeu Holmes. – Aonde esse caminho vai dar?

– Na estrada.

– Qual é o comprimento dele?

– Cerca de cem metros.

– No ponto em que o caminho atravessa o portão devia haver pegadas.

– Infelizmente, naquele ponto o caminho é calçado.

– E na estrada?

– Não. Estava toda pisoteada; um lamaçal.

– Ora, ora, ora! E essas pistas na grama, vinham da casa ou iam para ela?

– Impossível dizer.

– Pé grande ou pequeno?

– Não era possível distinguir.

Holmes soltou uma exclamação de impaciência.

– Desde então tem chovido e ventado muito – ele disse. – Agora vai ser mais difícil enxergar alguma coisa ali do que no palimpsesto. Bem, bem, não adianta. O que você fez, Hopkins, depois que se certificou de que não se certificara de nada?

– Acho que consegui bastante, Sr. Holmes. Eu sabia que alguém entrara cautelosamente na casa. Então, examinei o corredor. Mas ele é revestido de fibra de coco, de modo que não exibia qualquer sinal. De lá fui para o escritório, que é um aposento decorado espartanamente. A peça principal é uma escrivaninha com arquivo, este formado por duas colunas de gavetas com um armarinho entre elas. As gavetas laterais estavam abertas, mas o armário permanecia trancado. Essas gavetas ficavam sempre destrancadas, pois não guardavam nada de valor. Havia documentos importantes no armarinho, mas não havia sinais de que tinham sido mexidos, e o professor me garantiu que nada estava faltando. Certamente não se trata de um roubo.

"Com relação ao corpo do jovem, foi encontrado perto da escrivaninha, à esquerda dela, como se pode ver no desenho. O corte foi feito do lado direito do pescoço, de trás para a frente. Assim, é quase impossível que a própria vítima tenha se ferido".

O Pincenê de Ouro

– A não ser que tenha caído sobre a faca – disse Holmes.
– Exatamente. A ideia me passou pela cabeça. Mas a faca estava distante do corpo, o que faz essa ideia parecer impossível. Temos, é claro, as últimas palavras do moribundo. E, finalmente, uma pista muito importante, encontrada na mão direita do cadáver.

Stanley Hopkins tirou um pacote de papel do bolso. Desdobrou-o e mostrou um pincenê de ouro, com duas pontas de um cordão de seda preta partido penduradas na extremidade.

– Willoughby Smith tinha uma visão excelente – acrescentou. – Assim, não há dúvida de que ele tirou isto do rosto do assassino.

Sherlock Holmes pegou aqueles óculos com extremo interesse e atenção. Colocou-os no nariz, tentou ler com eles e olhou para a rua, através de suas lentes. Depois examinou-os bem próximo à luz e, finalmente, com uma risada, sentou-se à mesa e escreveu algumas linhas numa folha de papel que entregou a Stanley Hopkins.

– Isto é o melhor que posso fazer por você – disse Holmes. – Talvez ajude.

O espantado detetive leu a nota em voz alta. Dizia o seguinte:

"Procura-se mulher fina, que se veste bem. Possui nariz muito grosso, com olhos bem próximos um ao outro. Testa franzida, olhos furtivos e ombros curvos. Provavelmente esteve numa ótica duas vezes nos últimos meses. Como seus óculos são muito fortes e não existem muitas óticas, não deve ser difícil encontrá-la".

Holmes sorriu do espanto de Hopkins, que devo ter refletido na minha expressão.

– Minhas deduções são muito simples – Holmes disse. – É difícil encontrar objetos que forneçam mais inferências que um par de óculos, especialmente um como este. Que pertençam a uma mulher, deduzo pela delicadeza do desenho e também pelas últimas palavras do moribundo. Quanto a ser uma pessoa refinada e bem-vestida, veja que este pincenê é feito de ouro maciço e muito bem trabalhado. Assim, é inconcebível que alguém, usando tais óculos, fosse descuidar dos outros aspectos de sua aparência. Verá que o suporte é muito largo para seu nariz, o que mostra que o nariz da mulher é muito largo. Esse tipo de nariz geralmente é curto e grosseiro, mas existem exceções suficientes para que eu não insista nesse ponto. Eu tenho o rosto estreito. Mesmo assim, não consigo posicionar os olhos no centro ou perto do centro destes óculos. Portanto, os olhos da mulher ficam muito juntos do nariz. Repare, Watson, que as lentes são côncavas e extremamente fortes. Uma mulher cuja visão foi tão débil por toda a vida, certamente apresenta características físicas compatíveis na testa, nas pálpebras e nos ombros.

— Certo — eu disse —, consigo acompanhar seu raciocínio. Confesso, contudo, que não compreendo as duas visitas à ótica.

Holmes mostrou o pincenê em sua mão.

— Repare — ele explicou — que os suportes têm tiras pequeninas de cortiça para aliviar a pressão sobre o nariz. Uma delas está desbotada e um pouco gasta, mas a outra é nova. Evidentemente, caiu e foi substituída. Avalio que a mais antiga tem poucos meses de uso. Mas as duas tiras são iguais, do que eu deduzo que essa senhora esteve no mesmo estabelecimento para substituir a tira que caiu.

— Por Deus, é maravilhoso! — exclamou Hopkins, admirado. — E pensar que eu tinha todas as pistas na mão e não sabia! Mas eu pretendia, de qualquer modo, visitar as óticas de Londres.

— É claro que pretendia. Tem algo mais para nos contar sobre o caso?

— Não, Sr. Holmes. Acho que o senhor sabe o mesmo que eu... talvez mais. Procuramos saber de estranhos vistos nas estradas ou na estação de trem, mas nada conseguimos. O que me espanta é a absoluta falta de motivo para o crime. Ninguém consegue imaginar o que quer que seja.

— Ah! Nisso não posso ajudá-lo. Mas suponho que gostaria de nos ver lá amanhã?

— Se não for pedir demais, Sr. Holmes. Tem um trem que parte de Charing Cross para Chatham às seis da manhã. Chegaríamos a Yoxley Old Place entre oito e nove horas.

— Vamos pegar esse trem! Seu caso apresenta características interessantes e eu apreciaria dar uma olhada mais de perto. Bem, já é quase uma da madrugada, e é melhor dormirmos um pouco. Imagino que possa se acomodar no sofá diante da lareira, Hopkins. Vou acender o fogareiro e preparar-lhe um café antes de partirmos.

Pela manhã a tempestade cessara, mas estava muito frio quando começamos nossa viagem. Vimos o frio sol de inverno erguer-se sobre as margens pantanosas do Tâmisa e os braços do rio, que sempre associarei à nossa perseguição ao nativo das ilhas Andamãs, no começo de nossa carreira[2]. Depois de uma viagem longa e cansativa, descemos numa estaçãozinha a alguns quilômetros de Chatham. Enquanto preparavam uma charrete para nós, tomamos um rápido café da manhã na pensão; assim, quando chegamos a Yoxley Old Place, estávamos prontos para a ação. Um policial veio ao nosso encontro no portão do jardim.

---
[2] Ver *O Signo dos Quatro*.

— Então, Wilson, alguma novidade?
— Não, senhor. Nada.
— Algum relato sobre estranhos nas redondezas?
— Não, senhor. Na estação eles têm certeza de que nenhum estranho chegou ou partiu ontem.
— Você investigou as pensões e estalagens?
— Sim, senhor. Não há nenhum suspeito.
— Bem, a caminhada até Chatham não é longa. Qualquer um pode ter ficado lá, ou ter pegado o trem sem ser visto. Este é o caminho no jardim de que lhe falei, Sr. Holmes. Dou-lhe minha palavra de que ontem não havia pegadas nele.
— De que lado estavam as marcas na grama?
— Deste lado. Nesta faixa de grama entre o caminho e o canteiro de flores. Não consigo ver as marcas agora, mas eram claras, ontem.
— Sim, sim; alguém passou por aqui – disse Holmes, abaixando-se. – Nossa suspeita deve ter escolhido cuidadosamente onde pisar, pois de um lado deixaria pegadas no caminho e do outro o solo é ainda mais macio.
— Sim, senhor. Ela deve ter premeditado tudo friamente.
Vi uma expressão de interesse passar pelo rosto de Holmes.
— Você disse que ela voltou por aqui?
— Sim, senhor. Não há outro modo.
— Pela faixa de grama?
— Isso mesmo, Sr. Holmes.
— Hum! Um desempenho notável! Muito mesmo. Bem, acho que já terminamos por aqui. Vamos adiante. A porta do jardim fica normalmente aberta, suponho? Então a visitante só teve de caminhar até lá dentro. Ela não planejava assassinar o jovem Willoughby Smith, ou teria trazido uma arma em vez de pegar o abridor de cartas da escrivaninha. Ela veio por este corredor, sem deixar marcas no tapete de fibra de coco. Então ela parou no escritório. Por quanto tempo esteve aqui? Não temos como saber.
— Ela só ficou por alguns minutos. Esqueci de lhe dizer, mas a Sra. Marker, a governanta, esteve arrumando o local pouco antes do incidente. Cerca de quinze minutos antes, ela disse.
— Bem, isso nos dá um limite de tempo. Nossa suspeita entrou nesta sala e o que fez? Foi até a escrivaninha. Por quê? Não por algo que estivesse nas gavetas. Se houvesse algo de valor, provavelmente estaria trancado. Não, tinha de ser alguma coisa no arquivo. Opa! O que é esse arranhão nele? Acenda um fósforo, Watson. Por que não me contou sobre isto, Hopkins?

A marca de que Holmes falava começava no latão da fechadura, à direita do buraco da chave, e se estendia por dez centímetros, arranhando o verniz da superfície.

— Eu reparei nele, Sr. Holmes. Mas sempre existem riscos perto de uma fechadura.

— Este é recente, muito recente. Um risco antigo teria a mesma cor da superfície. Observe com minha lente de aumento. Veja o verniz, parecendo terra dos dois lados de um sulco. A Sra. Marker está por perto?

Uma mulher idosa, de rosto triste, entrou na sala.

— A senhora tirou pó deste arquivo ontem?

— Sim, senhor.

— Reparou neste risco?

— Não, senhor, não reparei.

— Tenho certeza de que não, pois um pano de pó teria removido esses fiapos de verniz. Quem fica com a chave do arquivo?

— O professor a mantém na corrente do relógio.

— É uma chave simples?

— Não, senhor, é uma Chubb.

— Muito bem. Pode ir agora, Sra. Marker. Estamos começando a progredir. Nossa suspeita entrou no escritório, foi até o arquivo, abriu-o ou tentou abri-lo. Enquanto ela está fazendo isso, o jovem Willoughby Smith entra no aposento. Em sua pressa para retirar a chave, ela arranha a porta. Smith a agarra, e ela, pegando o primeiro objeto que consegue, que por acaso é este abridor de cartas, ataca-o para que a solte. O golpe foi fatal. Ele cai e ela foge, com ou sem o objeto que veio buscar. Susan, a criada, está por perto? Alguém poderia ter passado por aquela porta depois que você ouviu o grito, Susan?

— Não, senhor. É impossível. Antes mesmo de descer a escada eu teria visto a pessoa no corredor. Além disso, a porta não foi aberta, ou então eu teria ouvido.

— Isso resolve a saída. Então não há dúvida de que a suspeita saiu por onde entrou. Soube que essa passagem leva apenas ao quarto do professor. Existe outra saída por ali?

— Não, senhor.

— Então, vamos descer e conhecer o professor. Opa, Hopkins! Isto é muito importante! O corredor do professor também é forrado com tapete de fibra de coco.

— Bem, e daí?

— Não vê a importância disso? Bem, bem, não vou insistir. Acho que estou errado. Mas ainda assim me parece sugestivo. Venha e me apresente.

Atravessamos o corredor, que tinha a mesma extensão daquele que levava ao jardim. No final, um pequeno lance de escadas terminava numa porta. Nosso guia bateu e nos introduziu no quarto do professor. Era um aposento bem grande, repleto de livros, que transbordavam das estantes e se acumulavam em pilhas por todo o quarto. A cama ficava no centro do quarto, e sobre ela, em cima de travesseiros, o dono da casa. Raramente vi pessoas de aspecto tão notável. O rosto que nos encarava era magro e aquilino, com penetrantes olhos escuros que se escondiam no fundo das órbitas, embaixo de sobrancelhas protuberantes e espessas. O cabelo e a barba eram brancos, sendo que esta tinha uma mancha amarela em volta da boca. Um cigarro brilhava em meio ao emaranhado de cabelos brancos, e o ar do quarto era viciado, fedendo a fumaça de cigarro. Quando ele estendeu a mão para Holmes, percebi que ela também estava manchada de amarelo pela nicotina.

– Fuma, Sr. Holmes? – perguntou, falando um inglês com sotaque um pouco pedante. – Por favor, pegue um cigarro. E o senhor? Posso recomendá-los, pois foram preparados especialmente para mim por Iônides, de Alexandria. Ele me manda mil de cada vez e sinto dizer que preciso de uma nova remessa a cada quinze dias. Isso é muito mau, meu senhor, mas um velho tem poucos prazeres. O fumo e o meu trabalho são tudo o que me resta.

Holmes acendeu o cigarro e lançava olhares curtos para todos os cantos do quarto.

– O fumo e o meu trabalho, mas agora só o fumo! – o velho exclamou. – Que interrupção fatal! Quem poderia prever catástrofe tão terrível? Um jovem tão estimado! Depois de uns poucos meses de treinamento tornou-se um assistente admirável. O que acha disso tudo, Sr. Holmes?

– Ainda não tenho uma teoria.

– Ficarei muito grato ao senhor se puder esclarecer assunto que para nós é tão obscuro. Para um rato de biblioteca doente, como eu, um golpe desses é paralisante. Parece que perdi a capacidade de raciocinar. Mas o senhor é um homem de ação. Isso faz parte da sua rotina, sabe como manter o equilíbrio nas emergências. Estamos com sorte de tê-lo ao nosso lado.

Holmes ficou andando para um lado e para o outro enquanto o professor falava. Observei que ele fumava com rapidez extraordinária. Era evidente que estava compartilhando o gosto de nosso anfitrião pelos cigarros alexandrinos.

– Sim, senhor, é um golpe e tanto – disse o velho. – Aquele é meu *magnum opus,* a pilha de papéis na mesinha lá adiante. É uma análise de documentos encontrados em monastérios coptas na Síria e no Egito, um trabalho que vai abalar as bases conhecidas da religião.

Com minha saúde fraca não sei se poderei completá-lo, agora que meu assistente foi tirado de mim. Puxa vida, Sr. Holmes, o senhor fuma ainda mais rápido que eu!

Holmes sorriu.

– Sou um conhecedor – ele disse, pegando outro cigarro da caixa (o quarto) e acendendo-o com a bituca do que terminara. – Não vou incomodá-lo com um interrogatório demorado, Professor Coram, pois sei que estava na cama na hora do crime e não poderia saber de nada a respeito. Só vou lhe fazer uma pergunta. O senhor imagina o que aquele pobre rapaz quis dizer com suas últimas palavras: "O professor... foi ela"?

O professor balançou a cabeça.

– Susan é uma camponesa – ele disse –, e o senhor sabe da ignorância desse povo. Acredito que o rapaz murmurou algumas palavras incoerentes, em delírio, que ela torceu e juntou nessa mensagem sem sentido.

– Entendo. O senhor imagina alguma explicação para a tragédia?

– Possivelmente um acidente... possivelmente, cá entre nós, um suicídio. Os jovens escondem seus problemas; algum caso de amor mal resolvido, quem sabe. É uma suposição mais provável que assassinato.

– Mas e quanto ao pincenê?

– Ah! Sou apenas um estudioso, um sonhador. Não sei explicar as coisas práticas da vida. Ainda assim, meu amigo, sabemos que o amor provoca comportamentos estranhos. Por favor, pegue outro cigarro. É um prazer ver alguém que os aprecie tanto. Um leque, uma luva, óculos... quem sabe que objeto pode ser usado como lembrança quando um homem tira sua própria vida? Este cavalheiro fala de pegadas na grama, mas é fácil se confundir a esse respeito. Quanto ao abridor de cartas, pode ter caído longe do infeliz, como caiu. Pode ser que eu esteja falando bobagens, mas para mim parece que o próprio Willoughby Smith foi ao encontro de seu destino.

Holmes pareceu impressionado pela teoria e continuou andando para lá e para cá, perdido em seus pensamentos e acendendo um cigarro no outro.

– Diga-me, Professor Coram – ele disse, finalmente –, o que o senhor guarda no armarinho do arquivo?

– Nada que pudesse atrair um ladrão. Documentos de família, cartas da minha falecida esposa, diplomas de universidades. Aqui está a chave. Pode olhar o senhor mesmo.

Holmes pegou a chave, observou-a por um instante e devolveu-a.

– Não, acho que não vai ajudar – ele disse. – Prefiro ir até seu jardim e revirar o caso na minha cabeça. Sua teoria do suicídio merece reflexão. Pedimos desculpas por tê-lo incomodado, Professor Coram, e prometo que não voltaremos a atrapalhá-lo até depois do almoço. Às duas da tarde voltaremos para lhe contar qualquer novidade que tenha aparecido até lá.

Holmes estava curiosamente distraído, e ficamos andando para um lado e para o outro por alguns momentos, em silêncio.

– Tem alguma pista? – perguntei, finalmente.

– Depende dos cigarros que fumei – ele disse. – É possível que eu esteja muito enganado, mas os cigarros vão dizer.

– Meu caro Holmes! – exclamei. – Como é que...

– Ora, ora, você verá por si mesmo. Caso contrário, nada de mau terá acontecido. É claro que sempre teremos a pista da ótica para seguir, mas prefiro um atalho, quando disponível. Ah, lá está a boa Sra. Marker! Vamos gastar cinco minutos numa conversa instrutiva com ela.

Talvez eu já tenha comentado como Holmes, quando queria, sabia agradar às mulheres e rapidamente conquistar sua confiança. Conquistou a boa vontade da governanta em metade do tempo que dissera, e conversava com ela como se fossem conhecidos havia anos.

– Sim, Sr. Holmes, é isso mesmo. Ele fuma demais. Todo o dia e às vezes toda a noite. Certas manhãs, quando chego ao quarto, aquilo parece o *fog* londrino. Pobre Sr. Smith, era um fumante também, embora não exagerasse como o professor. E sua saúde... bem, não sei se fumar ajuda ou piora.

– Ah! – disse Holmes –, mas tira o apetite.

– Não sei disso não, senhor.

– Imagino que o professor coma muito pouco.

– Bem, eu diria que varia.

– Aposto que ele nem tomou café da manhã hoje, e não vai almoçar depois de todos os cigarros que o vi fumar.

– Vai perder sua aposta. Pois ele tomou um café excepcionalmente grande hoje. Não me lembro de ver o professor comer tanto, e ele pediu uma bela porção de costeletas para o almoço. Fiquei surpresa, pois não consegui pensar em comida depois que entrei naquele escritório e vi o jovem Sr. Smith caído no chão. Bem, acho que no mundo existem todos os tipos de gente, e o professor, afinal, não perdeu o apetite.

Ficamos andando pelo jardim o resto da manhã. Stanley Hopkins voltara para a vila para investigar rumores sobre uma mulher estranha vista por crianças na estrada para Chatham na manhã anterior. Quanto ao meu amigo, toda a sua habitual energia parecia tê-lo abandonado.

Nunca o vi conduzir um caso com tamanha falta de disposição. Mesmo a notícia que Hopkins trouxe, dizendo que encontrara as crianças e que elas confirmaram ter visto uma mulher que correspondia à descrição de Holmes, usando pincenê ou óculos, não conseguiu animá-lo. Pareceu mais interessado quando Susan, que nos serviu o almoço, informou acreditar que o Sr. Smith saíra na manhã do dia anterior para caminhar e voltara meia hora antes de a tragédia acontecer. Eu não conseguia ver o significado desse incidente, mas vi que Holmes o encaixava no esquema que estava tecendo em sua cabeça. De repente, ele se levantou da cadeira e consultou o relógio.

– Duas da tarde, cavalheiros. Precisamos subir e falar com nosso amigo, o professor.

O velho terminara de almoçar naquele instante, e seu prato vazio testemunhava o bom apetite que a governanta lhe atribuíra. Ele estava bem estranho quando virou sua barba branca e os olhos brilhantes para nós. O eterno cigarro queimava em sua boca. Estava vestido e se sentara numa poltrona junto à lareira.

– E então, Sr. Holmes, já desvendou o mistério?

Ele empurrou a grande lata de cigarros para meu amigo. Holmes estendeu o braço no mesmo instante, e a lata caiu. Durante um ou dois minutos ficamos todos de joelhos, procurando cigarros nos lugares mais estranhos. Quando nos levantamos, percebi que os olhos de Holmes brilhavam, e suas faces estavam coradas. Eram sinais de guerra que eu só via nos momentos de crise.

– Sim – disse Holmes –, já resolvi o mistério.

Stanley Hopkins e eu olhamos para ele, aturdidos. As feições magras do velho professor tremeram.

– Não diga! No jardim?
– Não, aqui.
– Aqui! Quando?
– Neste momento.
– Deve estar brincando, Sr. Sherlock Holmes. Obriga-me a dizer que este assunto é muito sério para ser tratado dessa forma.

– Elaborei e testei cada elo da minha corrente, Professor Coram, e tenho certeza de que está inteira. Quais os seus motivos ou qual o seu papel nesse estranho negócio eu ainda não sei dizer. Em poucos minutos, saberei provavelmente de sua própria boca. Enquanto isso vou reconstituir o que se passou, de modo que saiba de quais informações eu ainda preciso.

"Uma mulher entrou ontem em seu escritório. Ela veio com a intenção de se apossar de documentos que estavam no seu arquivo. Tinha uma cópia da chave. Tive a oportunidade de examinar a sua, que não apresenta a coloração que o arranhão no verniz teria produzido. O senhor não foi cúmplice, portanto. Pelo que pude constatar, ela veio para roubar algo do senhor, sem o seu conhecimento.

O professor soprou uma nuvem de fumaça através dos lábios.

– Isso é muito interessante – disse. – Tem algo mais a dizer? Já que foi tão longe, deve saber o que aconteceu com ela.

– É o que estou tentando fazer. Primeiro seu secretário a agarrou, e ela o golpeou para escapar. Estou inclinado a considerar essa catástrofe como acidental, pois creio que ela não tinha a intenção de infligir ferimento tão grave. Um assassino não anda desarmado. Horrorizada com o que acabara de fazer, ela fugiu da cena do crime. Mas teve o azar de perder o pincenê durante a luta, o que a deixou muito insegura, pois as lentes são fortes. Assim, ela correu pelo corredor, que acreditava ser por onde entrara, já que os dois são revestidos com tapete de fibra de coco. Era tarde demais quando percebeu que pegara o caminho errado e que sua rota de fuga estava bloqueada. O que podia fazer? Voltar era impossível. E não poderia permanecer ali. Precisava prosseguir. E prosseguiu. Subiu a escada, abriu a porta e viu-se dentro do seu quarto.

O velho aprumou-se na poltrona com a boca aberta e olhando furiosamente para Holmes. Espanto e medo estavam impressos em seu rosto. Com esforço, ele deu de ombros e irrompeu numa gargalhada forçada.

– Está tudo muito bonito, Sr. Holmes – disse ele. – Mas existe uma falha em sua esplêndida teoria. Eu estava no meu quarto, e não saí daqui durante todo o dia.

– Eu sei disso, Professor Coram.

– E quer dizer que, deitado naquela cama, eu não teria percebido que uma mulher entrara no meu quarto?

– Eu não disse isso. O senhor *percebeu* que ela entrou. Conversou com ela. Reconheceu-a. E ajudou-a a esconder-se.

Novamente, o professor irrompeu numa risada falsa. Colocou-se de pé, os olhos chispando.

– Está louco! – exclamou. – Está falando maluquices. Ajudei-a a esconder-se? Onde ela está agora?

– Ali – disse Holmes, apontando para uma estante no canto da sala.

O velho atirou os braços para cima, uma terrível convulsão tomou-lhe o rosto sombrio e ele caiu sentado em sua poltrona. No mesmo instante, a estante que Holmes apontara veio para a frente e uma mulher entrou no quarto.

– O senhor está certo! Eu estou aqui.

Ela estava marrom devido à poeira e às teias de aranha de seu esconderijo. Seu rosto também se mostrava muito sujo. De qualquer modo, ela nunca poderia ser chamada de atraente, pois tinha aquelas características físicas descritas por Holmes, além de um longo queixo obstinado. Com sua fraqueza de visão, e tendo saído do escuro para a luz, ficou parada piscando, tentando ver onde estávamos e quem éramos. Mesmo assim, apesar de todas essas desvantagens, havia uma certa nobreza em seu porte, uma bravura no queixo desafiador e na cabeça erguida que exigiam respeito e admiração. Stanley Hopkins segurou-a pelo braço, declarando-a prisioneira, mas ela o afastou gentilmente, e sua dignidade demandava obediência. O velho recostou-se na poltrona com o rosto contorcido e olhou para ela.

– Sim, senhor, sou sua prisioneira – ela disse. – De onde estava pude ouvir tudo, e o senhor falou a verdade. Confesso. Fui eu que matei aquele jovem. Mas o senhor tem razão quando diz ter sido acidente. Eu nem percebi que foi uma lâmina que peguei, pois no momento de desespero agarrei a primeira coisa sobre a mesa e o ataquei, para que me soltasse. Estou dizendo a verdade.

– Senhora – disse Sherlock Holmes –, sei que essa é a verdade. Mas receio que não esteja bem.

Ela empalidecera totalmente sob a poeira que se acumulava em seu rosto. Sentou-se na beirada da cama e continuou:

– Sei que meu tempo é curto, mas gostaria que soubessem de toda a verdade. Sou a esposa deste homem. Ele não é inglês, mas sim russo. Não posso lhes contar seu nome.

Pela primeira vez, o velho se mexeu.

– Deus a abençoe, Anna! – exclamou. – Deus a abençoe!

A mulher lançou-lhe um olhar de profundo desdém.

– Por que se agarra tanto a essa sua vida miserável, Sergius? – ela perguntou. – Você já fez mal a tantos e bem a ninguém, nem a você mesmo. Mas não cabe a mim romper o frágil fio da vida antes da hora que Deus determinou. Minha alma já acumulou muito peso desde que entrei pela porta desta casa maldita. Mas preciso falar, ou será muito tarde.

"Já disse, cavalheiros, que sou a mulher deste homem. Quando nos casamos, ele tinha cinquenta anos e eu era uma tola garota de vinte. Foi numa cidade da Rússia, numa universidade, não vou dizer qual."

– Deus a abençoe, Anna! – murmurou novamente o velho.

– Éramos reformistas, revolucionários, niilistas[3], os senhores sabem. Éramos eu, ele e muitos outros. Então vieram os problemas. Um policial foi morto, houve muitas prisões e as autoridades que-

---

[3] Niilista: nesse sentido, seguidor do niilismo, seita anarquista russa que preconizava a destruição da ordem social estabelecida, sem se ocupar de substituí-la por outra.

riam testemunhas. Para salvar sua própria vida e receber uma grande recompensa, meu marido traiu a própria mulher e os companheiros. Sim, fomos todos presos devido à confissão dele. Alguns foram para a forca, e outros, para a Sibéria. Eu estava entre os últimos, mas minha pena não foi perpétua. Meu marido veio para a Inglaterra com seu dinheiro sujo e viveu se escondendo desde então, sabendo que se a Irmandade soubesse onde estava ele não escaparia de ser justiçado.

O velho pegou um cigarro com a mão trêmula.

– Estou em suas mãos, Anna – disse. – Você foi sempre tão boa para mim.

– Ainda não contei a esses senhores o tamanho de sua traição, Sergius – ela continuou. – Entre os camaradas da Ordem, havia um que era meu melhor amigo. Nobre, desprendido, carinhoso, tudo o que meu marido nunca foi. Detestava violência. Éramos todos culpados, se aquilo era culpa, mas ele não. Ele sempre escrevia tentando nos dissuadir de trilhar o caminho da violência. Aquelas cartas teriam testemunhado a favor dele, meu diário também, pois eu escrevia diariamente como me sentia com relação a ele e às posições políticas de cada um. Meu marido encontrou e escondeu tanto o diário como as cartas. Ele escondeu essas provas e tentou, com seu depoimento, levar aquele jovem à forca. Isso Sergius não conseguiu, mas Alexis foi mandado para a Sibéria, onde, neste momento, está trabalhando numa mina de sal. Pense nisso maldito! Neste momento, Alexis, um homem cujo nome você não é digno de pronunciar, trabalha e vive como um escravo, e apesar disso sua vida está em minhas mãos e eu deixo você viver!

– Sempre foi uma mulher nobre, Anna – disse o velho, fumando seu cigarro.

Ela se levantou, mas caiu sentada com um gemido de dor.

– Preciso terminar – disse. – Quando minha pena acabou, decidi recuperar o diário e as cartas que, se entregues à justiça russa, poderiam libertar meu amigo. Eu sabia que meu marido viera para a Inglaterra. Depois de procurá-lo durante meses, descobri onde estava. E eu sabia que ele ainda tinha o diário porque, quando estava na Sibéria, recebi uma carta dele citando passagens do que eu escrevera e me recriminando. Mas eu sabia que, devido ao seu caráter vingativo, ele nunca o entregaria. Precisava pegá-lo eu mesma. Assim, contratei um detetive particular, o seu segundo secretário, aquele que abandonou o emprego. Ele descobriu que os papéis ficavam no armarinho do arquivo e conseguiu-me uma cópia da chave. Mas não quis ir além disso. Ele me forneceu uma planta baixa da casa e disse que pela manhã o escritório normalmente ficava vazio, já que o secretário trabalhava no quarto, com Sergius. Finalmente, reuni toda a minha coragem e vim pegar os papéis eu mesma. Consegui, mas a que preço!

"Eu tinha acabado de pegar as cartas e o diário, e estava fechando o armário quando aquele jovem me pegou. Eu já o tinha visto pela manhã, quando nos encontramos na estrada. Eu lhe perguntei onde morava o Professor Coram, sem saber que ele trabalhava aqui."

– Exatamente! Exatamente! – Holmes exclamou. – O secretário voltou e contou ao patrão sobre a mulher que encontrara. Então, em suas últimas palavras tentou dizer que "foi ela", a mulher sobre quem ele lhe contara.

– Precisa me deixar falar – disse a mulher, com a voz imperativa e o rosto contraído de dor. – Depois que o moço caiu, saí correndo do escritório, escolhi a porta errada e me encontrei no quarto do meu marido. Ele falou em me entregar. Eu lhe disse que, se o fizesse, sua vida estaria em minhas mãos. Se ele me entregasse à justiça, eu o entregaria à Irmandade. Não é que eu estivesse tentando me salvar, mas precisava completar minha tarefa. Ele compreendeu que eu cumpriria o que prometi, e que seu destino se confundia ao meu. Por essa razão, e nenhuma outra, ele me escondeu, enfiando-me naquele esconderijo, de cuja existência só ele sabia. Como ele fazia suas refeições no quarto, podia dividi-las comigo. Combinamos que eu escaparia à noite, depois que a polícia saísse da casa, para nunca mais voltar. Mas, de alguma forma, o senhor descobriu nossos planos – ela tirou um pacotinho de dentro do vestido. – Este pacote pode salvar Alexis. Confio-o à sua honra e ao seu amor pela justiça. Pegue-o! Deve entregá-lo na embaixada russa. Agora, já cumpri meu dever e...

– Peguem-na! – exclamou Holmes.

Ele atravessou o quarto de um pulo e arrancou um frasco da mão dela.

– Tarde demais! – ela disse, caindo na cama. – Tarde demais! Tomei o veneno antes de sair do esconderijo. Minha cabeça está girando. Estou indo! Confio, meu senhor, em que irá se lembrar dos papéis.

– Um caso simples, mas instrutivo em muitos aspectos – disse Holmes, durante a viagem de volta para Londres. – Dependia totalmente do pincenê. Se a vítima não o tivesse agarrado, não sei se teríamos chegado à solução. Eu sabia, pela espessura das lentes, que, sem seus óculos, a suspeita teria a visão muito comprometida. Quando me pediu para acreditar que ela caminhou por uma faixa estreita de grama, sem nenhum passo em falso, eu lhe disse, como deve se lembrar, que aquilo era notável. Mas, na minha cabeça, aquilo parecia

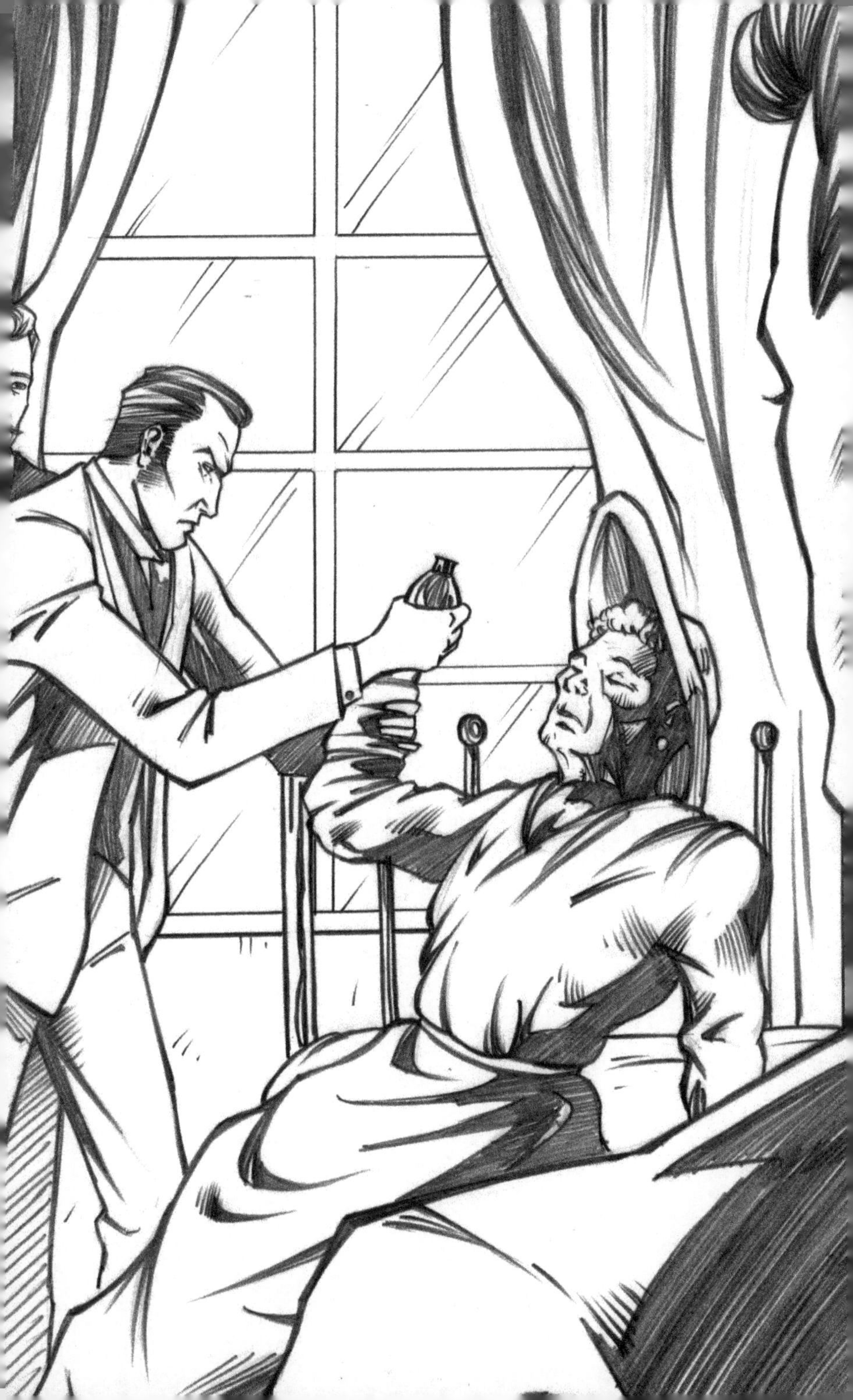

impossível, a não ser que ela tivesse um par reserva de óculos. Isso me forçou, portanto, a considerar a hipótese de que ela permanecera dentro da casa. Ao perceber a semelhança entre os dois corredores, vi que ela poderia facilmente ter se enganado, e, nesse caso, teria entrado no quarto do professor. Assim, procurei evidências que pudessem apoiar essa suposição e examinei atentamente o quarto, à procura de um esconderijo. O carpete parecia contínuo e bem pregado, o que descartava um alçapão. Poderia haver uma passagem atrás dos livros. Como sabem, isso é comum em velhas bibliotecas. Reparei que havia pilhas de livros espalhadas pelo chão, menos na frente daquela estante, que poderia ser a porta do esconderijo. Não vi marcas no chão, mas o carpete era de uma cor que facilitava a investigação. Então fumei uma grande quantidade daqueles cigarros e espalhei as cinzas na frente da estante. Foi um truque simples, mas muito eficiente. Então descemos e eu verifiquei, na sua presença, Watson, sem que você percebesse a consequência dos meus comentários, que o consumo de comida pelo professor estava variando, o que lhe permitiria estar alimentando outra pessoa. Depois do almoço voltamos ao quarto dele. Quando derrubei a lata de cigarros, pude examinar o chão bem de perto e vi, claramente, pelas marcas nas cinzas, que a prisioneira tinha, na nossa ausência, saído do esconderijo. Bem, Hopkins, chegamos. Dou-lhe os parabéns pelo sucesso na conclusão deste caso. Você vai ser promovido, sem dúvida. Quanto a nós, Watson, creio que vamos dar um pulo na embaixada russa.

O JOGADOR DESAPARECIDO

Estávamos acostumados a receber telegramas esquisitos em nosso apartamento na Rua Baker, mas lembro-me particularmente de um, que chegou numa manhã feia de fevereiro, há cerca de sete ou oito anos, e deixou Sherlock Holmes pensativo durante quinze minutos. Estava endereçado a ele e dizia:

"Por favor me aguarde. Infelicidade terrível. Jogador da ala direita desaparecido. Indispensável amanhã. OVERTON."

– Carimbo da agência postal do Strand, despachado às dez e trinta e seis – disse Holmes, relendo-o várias vezes. – O Sr. Overton estava evidentemente nervoso quando mandou isto aqui, pois a mensagem está um pouco incoerente. Bem, bem, ele chegará, imagino, logo depois que eu terminar de ler o *Times*, e então saberemos do que se trata. Até os problemas mais insignificantes são bem-vindos nesse período ocioso.

As coisas andavam muito monótonas para nós, e eu aprendera a temer esses intervalos de inatividade, pois sabia que era perigoso, para o cérebro extremamente ativo do meu amigo, permanecer sem material de trabalho. Levei anos para conseguir afastá-lo daquele vício terrível que ameaçou sua notável carreira. Eu sabia que, sob circunstâncias normais, ele não precisava mais daquele estímulo artificial, mas sabia também que o vício estava adormecido, não morto. Diversas vezes, durante os períodos de inatividade, observei aquele olhar ansioso no rosto normalmente contemplativo de Holmes. Portanto, abençoei aquele Sr. Overton, quem quer que fosse, já que chegava com uma mensagem enigmática para interromper a perigosa calmaria que trazia mais perigos ao meu amigo que sua vida agitada.

Como esperávamos, o telegrama foi logo seguido por seu remetente, e o cartão pessoal do Sr. Cyril Overton, da Faculdade Trinity, Cambridge, anunciou a chegada de um homem enorme, cem quilos de músculos e ossos sólidos, que atravessou nossa soleira com seus ombros largos e um rosto transfigurado pela ansiedade.

– Sr. Sherlock Holmes?

Meu amigo curvou-se.

– Estive na Scotland Yard, Sr. Holmes. Falei com o Inspetor Stanley Hopkins, que me aconselhou a procurá-lo. Ele disse que o caso, pelo que entendeu, era mais apropriado ao senhor do que à polícia.

– Por favor, sente-se e conte-me qual é o problema.

– É terrível, Sr. Holmes, simplesmente terrível! Não sei como meu cabelo não embranqueceu. Godfrey Staunton... já ouviu falar dele, imagino? Ele é simplesmente o alicerce do time. Preferia perder outros dois, mas ter Godfrey na linha. Seja no passe, no bloqueio ou no drible, ninguém pode com ele! Além disso ele é o cabeça do time. O que vou fazer? É o que lhe pergunto, Sr. Holmes. Tenho Moorhouse, primeiro reserva, mas tem treinado como meia e passa mal a bola. Está certo que chuta bem, mas não sabe avaliar a situação e não tem chegada. Ora, Morton ou Johnson, de Oxford, vão acabar com ele. Stevenson é rápido, mas não sabe chutar da linha de vinte e cinco... e um ala que não sabe chutar não vale nada. Não, Sr. Holmes, estaremos perdidos se não me ajudar a encontrar Godfrey Staunton.

Meu amigo ouvira, surpreso e divertido, aquele longo discurso, feito com vigor e sinceridade extraordinários. O Sr. Overton pontuava o que dizia com tapas no joelho. Quando se calou, Holmes estendeu o braço e pegou a letra "S" de seu arquivo pessoal. Pela primeira vez, sua busca naquela mina de informações foi infrutífera.

– Aqui temos Arthur H. Staunton, o jovem falsificador – disse ele –, e Henry Staunton, que ajudei a enforcar, mas Godfrey Staunton é novo para mim.

Foi a vez de nosso visitante ficar surpreso.

– Ora, Sr. Holmes, pensei que soubesse das coisas! – exclamou. – Suponho, então, que se nunca ouviu falar de Godfrey Staunton também não conheça Cyril Overton.

Bem-humorado, Holmes balançou negativamente a cabeça.

– Por Deus! – exclamou o atleta. – Ora, fui primeiro reserva da Inglaterra contra o País de Gales e tenho jogado pela universidade o ano todo. Mas isso não lhe diz nada! Não imaginava que houvesse uma alma na Inglaterra que não conhecesse Godfrey Staunton, o craque de Cambridge, Blackheath e cinco Internacionais. Bom Deus, Sr. Holmes! Em que mundo o senhor tem vivido?

Holmes riu do espanto ingênuo daquele jovem gigante.

– O senhor vive num mundo diferente do meu, Overton. Um mundo mais agradável e saudável. Meus conhecimentos se estendem a vários setores da sociedade, menos, fico feliz em dizer, ao esporte amador, que é a melhor coisa da Inglaterra. Contudo, sua visita inesperada me faz ver que, talvez, mesmo nesse mundo de jogo limpo eu tenha o que fazer. Agora, meu amigo, peço-lhe que se sente e me conte, devagar e calmamente, o que aconteceu e por que deseja minha ajuda.

O rosto do jovem Overton assumiu aquela expressão entediada de quem está mais acostumado a usar os músculos do que a cabeça. Mas, aos poucos, com muitas repetições e incoerências que suprimi desta narrativa, ele contou sua história.

– É o seguinte, Sr. Holmes – Overton começou. – Sou o capitão do time de rúgbi da Universidade de Cambridge, e Godfrey Staunton é o melhor jogador. Amanhã jogaremos contra Oxford. Chegamos ontem e nos registramos no Hotel Bentley. Às dez da noite fui ver se os camaradas já tinham se recolhido, pois acredito em treinamento duro e muito sono para manter o time em forma. Troquei uma palavrinha com Godfrey antes que ele fosse para a cama. Pareceu-me pálido e preocupado. Perguntei qual era o problema. Respondeu que estava tudo bem, só que tinha um pouco de dor de cabeça. Dei-lhe boa-noite e saí. Meia hora depois, um mensageiro me disse que um sujeito mal-encarado trouxe um bilhete para Godfrey. Ele ainda não estava dormindo quando recebeu o bilhete. Godfrey leu a mensagem e deixou-se cair na cadeira, como se tivesse sido derrubado. O mensageiro ficou tão assustado que ia me chamar, mas Godfrey o deteve, tomou um gole de água e se recompôs. Então desceu até a recepção, conversou com o sujeito, e os dois saíram juntos. A última vez que o mensageiro os viu eles estavam quase correndo, já na rua, em direção ao Strand. Pela manhã o quarto de Godfrey estava vazio, ele não dormira em sua cama e todas as suas coisas continuavam como eu as tinha visto na noite anterior. Ele saiu com aquele estranho e não deu mais notícias. Não acredito que vá voltar. Godfrey é um esportista até a raiz do cabelo, e não abandonaria os treinos, deixando seu capitão na mão, a menos que fosse por algum motivo muito sério. Não, senhor, acho que ele foi embora para sempre e nunca mais vamos vê-lo.

Sherlock Holmes escutou com profunda atenção aquela estranha narrativa.

– O que você fez, depois? – perguntou.

– Telegrafei para Cambridge, para saber se eles tinham alguma notícia dele. Já recebi a resposta. Negativa.

– Ele poderia ter voltado a Cambridge?

– Poderia. Tem um trem às onze e quinze da noite.

– Mas pelo que você sabe ele não o pegou...

– Não, ninguém o viu.

– E o que fez em seguida?

– Telegrafei para Lorde Mount-James.

– Por quê?

— Godfrey é órfão, e Lorde Mount-James é seu parente mais próximo; seu tio, eu acredito.

— Muito bem. Isso dá novas cores ao caso. Lorde Mount-James é um dos homens mais ricos da Inglaterra.

— Ouvi Godfrey falar.

— Qual a relação entre os dois?

— Godfrey é seu herdeiro, o velho tem quase oitenta anos e sofre muito com a gota. Dizem que está com todas as juntas duras. Nunca deu um xelim a Godfrey em toda a vida, pois é um avarento, mas no fim todo o dinheiro irá para o rapaz.

— Teve notícias de Lorde Mount-James?

— Não.

— Que motivos teria seu amigo para procurar o lorde?

— Bem, algo o estava preocupando ontem à noite. Se fosse dinheiro, é possível que ele procurasse o parente endinheirado mais próximo, embora, pelo que eu saiba, Godfrey não teria muita chance de conseguir algo com o lorde. Além disso, ele não gostava do velho. Se pudesse, evitaria procurá-lo.

— Logo vamos verificar isso. Mesmo que seu amigo tenha ido visitar o tio, precisamos explicar a visita do sujeito mal-encarado tarde da noite e a agitação que sua chegada provocou.

— Não sei o que pensar — disse Cyril Overton, levando as mãos à cabeça.

— Bem, bem, estou com o dia livre e vou investigar o caso — disse Holmes. — Recomendo que se prepare para o jogo sem contar com Godfrey Staunton. Como você mesmo disse, ele deve ter tido um motivo muito forte para sumir assim, e esse mesmo motivo pode detê-lo. Vamos juntos ao hotel para ver se o mensageiro nos ajuda a esclarecer alguma coisa.

Sherlock Holmes era um mestre em colocar uma testemunha à vontade. Em pouco tempo, no quarto abandonado de Godfrey Staunton, ele extraíra tudo o que o porteiro tinha para contar. O visitante da noite não era aristocrata nem trabalhador. Era o que o mensageiro chamou simplesmente de "um sujeito médio": homem de cinquenta anos, barba grisalha, rosto pálido, vestido discretamente. Também parecia nervoso. O mensageiro observou que sua mão tremia enquanto escrevia o bilhete. Godfrey Staunton não apertou a mão do homem, quando o encontrou na recepção. Conversaram brevemente, mas o funcionário só entendeu a palavra "tempo". Depois saíram apressados, da forma como já foi descrita. O relógio marcava dez e meia.

— Deixe-me ver — disse Holmes, sentando-se na cama de Staunton.

— Você é o mensageiro do dia, correto?

— Sim, senhor, saio às onze.

— O mensageiro da noite viu alguma coisa?
— Não, senhor. Um grupo voltou tarde do teatro. Nada mais.
— Você ficou de serviço durante o dia todo, ontem?
— Sim, senhor.
— Levou alguma mensagem ao Sr. Staunton?
— Sim, senhor, um telegrama.
— Ah, interessante! A que horas foi isso?
— Por volta das seis.
— Onde estava o Sr. Staunton quando o recebeu?
— Aqui, no quarto.
— Você estava presente quando ele o abriu?
— Sim, senhor, esperei para ver se haveria resposta.
— E houve?
— Sim, senhor. Ele escreveu uma resposta.
— Você a levou?
— Não, o Sr. Staunton mesmo a levou.
— Mas ele escreveu na sua frente?
— Sim, senhor. Fiquei parado na porta enquanto ele escrevia naquela mesa, de costas para mim. Quando terminou de escrever, disse "Obrigado, mensageiro, eu mesmo vou levar".
— Com o que ele escreveu?
— Com uma pena.
— Ele usou um formulário telegráfico desses que estão na mesa?
— Sim, senhor, o de cima.

Holmes se levantou. Pegando os formulários, ele levou o que estava em cima da pilha até a janela e o examinou.

— É uma pena que não tenha usado um lápis – ele disse, devolvendo o formulário à pilha, desapontado. – Como você já observou frequentemente, Watson, a impressão fica na folha de baixo... um fato que já dissolveu muitos casamentos felizes. Mas aqui não ficou nenhum sinal. Ora, mas vejo que ele escreveu com uma pena larga e, portanto, deve ter usado mata-borrão. Vamos verificar se ficou alguma coisa... ah, sim, é isto.

Ele arrancou uma tira do mata-borrão e nos mostrou o que havia ali.

Cyril Overton ficou muito agitado.
— Ponha diante do espelho! – exclamou.
— Não é necessário – disse Holmes. – O papel é fino, poderemos ler a mensagem no verso. Aqui está.

Ele virou o papel e nós lemos:

Ajude-nos, pelo amor de Deus

— Então esse é o final do telegrama que Godfrey Staunton despachou poucas horas antes de desaparecer. A mensagem continha pelo menos mais seis palavras que nos escaparam, mas o que restou, "Ajude-nos, pelo amor de Deus", prova que ele percebeu um grande perigo ameaçando-o, do qual alguém poderia protegê-lo. Marquem isto: "nos"! Outra pessoa está envolvida. Quem seria, senão o homem barbado e pálido que também parecia tão nervoso? Qual é, então, a relação entre Godfrey Staunton e esse homem? E qual seria o terceiro envolvido de quem solicitavam ajuda contra tal perigo? Nosso interrogatório reduz-se a isso.

— Só precisamos saber para quem o telegrama foi enviado – sugeri.

— Exatamente, meu caro Watson. Sua reflexão, embora profunda, já me ocorrera. Mas acho que já reparou que se entrar numa agência de correios e pedir para ver o formulário preenchido por outra pessoa, os funcionários vão se sentir pouco dispostos a ajudá-lo. Essas coisas requerem tanta burocracia! Mas creio que, com um pouco de gentileza e diplomacia, poderemos obter o que desejamos. Enquanto isso, gostaria de examinar esses papéis que foram deixados sobre a mesa na sua presença, Sr. Overton.

Havia diversos papéis, cartas, cadernos e anotações, que Holmes revirou rapidamente, com olhos atentos e penetrantes.

— Nada aqui – disse, afinal. – A propósito, imagino que seu amigo seja um sujeito saudável... que não tenha nada de errado com ele?

— É forte como um touro.

— Já ficou doente?

— Não que eu saiba. Uma vez levou um chute no queixo, durante o jogo, e, em outra, machucou o joelho, mas não foi nada de mais.

— Talvez ele não fosse tão forte como você supõe. Estou inclinado a pensar que ele tinha algum problema secreto. Com seu consentimento, vou ficar com alguns desses papéis, no caso de precisarmos deles mais tarde.

— Um momento! Um momento! – exclamou uma voz contrariada.

Olhamos e vimos um homem esquisito, velho e baixinho, gesticulando junto à porta. Vestia-se todo de preto, com uma cartola grande demais e uma gravata branca folgada; o efeito fazia com que parecesse um sacerdote ou um agente funerário. Ainda assim, apesar da aparência ridícula, sua voz tinha um tom afiado, e sua atitude intensa exigia atenção.

— Quem é o senhor e com que direito mexe nos papéis do cavalheiro? — perguntou.
— Sou um detetive particular e estou tentando descobrir por que ele desapareceu.
— Ah, é mesmo? É mesmo? E quem o contratou?
— Este cavalheiro, amigo do Sr. Staunton. A Scotland Yard aconselhou-o a me procurar.
— E quem é este cavalheiro?
— Cyril Overton — o atleta respondeu.
— Então foi você quem me enviou o telegrama. Eu sou Lorde Mount-James. Vim o mais rápido que o ônibus de Bayswater pôde me trazer. Então, contratou um detetive...
— Sim, senhor.
— E vai poder pagá-lo?
— Tenho certeza de que meu amigo Godfrey, quando o encontrarmos, vai fazer isso.
— E se ele não for encontrado, hein? Já pensou nisso?
— Nesse caso acredito que a família...
— Nem pense nisso, meu senhor! — gritou o homenzinho. — Não me peça nem um penny, nem um penny! O senhor entendeu isso, Sr. detetive? Sou toda a família que esse jovem tem e digo-lhe que não me responsabilizo. Se Godfrey vai receber uma herança, é porque jamais gastei dinheiro, e não pretendo começar agora! E, quanto a esses papéis que está remexendo tão à vontade, informo-lhe que, se houver algo de valor no meio deles, o senhor terá de me prestar contas do que fará com eles.
— Muito bem, meu senhor — respondeu Sherlock Holmes. — Posso lhe perguntar, a propósito, se tem alguma ideia do que pode ter acontecido com seu sobrinho?
— Não, senhor, não tenho. Ele é forte e adulto o bastante para cuidar de si mesmo, e se for tolo o suficiente para se perder, não aceito a responsabilidade de encontrá-lo.
— Compreendo seu ponto de vista — disse Holmes, com um brilho travesso no olhar. — Talvez o senhor não compreenda o meu. Todos sabem que Godfrey Staunton sempre foi um homem pobre. Contudo, a fama da sua fortuna, Lorde Mount-James, já ganhou o mundo, e é bem possível que uma quadrilha de criminosos tenha sequestrado seu sobrinho para obter informações sobre sua casa, seus hábitos e sua fortuna.
Nosso desagradável visitante ficou branco como papel.
— Ora essa, mas que ideia! Nunca pensei em tal vilania! Que patifes desumanos vagam por este mundo! Mas Godfrey é um bom rapaz; valente e leal! Nada faria para entregar seu bom e velho tio. Vou levar

a prataria da casa para o banco esta tarde. Enquanto isso, não poupe esforços, senhor detetive! Peço-lhe que mova céus e terras para trazê-lo de volta em segurança. Quanto a dinheiro, bem, acho que posso dispor de cinco, dez libras!

Mesmo interessando-se pelo assunto, o nobre avarento não pôde nos dar qualquer informação útil, já que pouco sabia da vida do sobrinho. Nossa única pista era o telegrama truncado. Com uma cópia em mãos, Holmes foi procurar o segundo elo de sua corrente. Livramo-nos de Lorde Mount-James, enquanto Cyril Overton foi conversar com os outros jogadores da equipe sobre a infelicidade que se abatera sobre eles.

Havia uma agência telegráfica perto do hotel. Paramos em frente a ela.

— Vale a pena tentar, Watson — disse Holmes. — É claro que com um mandado poderíamos exigir ver os formulários, mas ainda não precisamos chegar a isso. Duvido que se lembrem de rostos num lugar com tanto movimento. Vamos lá.

— Sinto incomodá-la — disse Holmes, na sua voz mais gentil, para a moça atrás do balcão —, mas me confundi no telegrama que enviei ontem. Não obtive resposta e receio ter esquecido de colocar meu nome no final. Pode verificar se foi isso mesmo?

A moça pegou um maço de formulários.

— A que horas foi? — ela perguntou.

— Pouco depois das seis.

— Nome do destinatário?

Holmes pôs o dedo na frente da boca e deu uma olhada para mim.

— As últimas palavras eram "Ajude-nos, pelo amor de Deus" — sussurrou, em tom de confidência. — Estou muito nervoso por não ter recebido a resposta.

A moça separou um dos formulários.

— Aqui está. Realmente não tem nome — ela disse, abrindo-o sobre o balcão.

— Ora, é por isso que não recebi resposta — disse Holmes. — Que tolice a minha! Muito obrigado e tenha um bom dia...

Ele riu e esfregou as mãos quando saímos à rua.

— E então? — perguntei.

— Estamos progredindo, meu caro Watson, estamos progredindo. Eu tinha sete planos diferentes para conseguir ver aquele telegrama, mas não esperava conseguir na primeira tentativa.

— E o que conseguiu?

— Um ponto de partida para nossa investigação — ele chamou uma carruagem. — Estação King's Cross — disse.

— Vamos viajar, então?

— Sim, acho que precisamos ir até Cambridge. Todas as pistas apontam para lá.

— Diga-me — perguntei, enquanto subíamos a Avenida Gray's Inn —, já suspeita de alguma causa para o desaparecimento? Acho que, entre todos os nossos outros casos, nenhum era mais obscuro quanto aos motivos. Você não acredita realmente que ele foi sequestrado para fornecer informações sobre o tio milionário, não é?

— Confesso, meu caro Watson, que essa não me parece a explicação mais provável. Pareceu-me, apenas, ser a que mais interessaria àquele senhor excessivamente desagradável.

— Certamente que o interessou. Mas quais são as suas teorias?

— Poderia citar várias. Você tem de admitir que é curioso e sugestivo que tal incidente ocorra na véspera de uma partida importante e que envolva o homem cuja presença é essencial para a vitória de sua equipe. Pode ser coincidência, mas é interessante. O esporte amador não tem apostas oficiais, mas a população aposta assim mesmo. Desse modo, é possível que algum bandido queira tirar proveito prejudicando o jogador, da mesma forma que fazem com os cavalos no turfe. Essa é uma explicação. Outra muito óbvia é que o jovem realmente é o herdeiro de uma grande fortuna, ainda que atualmente não tenha nada. Portanto, não é difícil que tenha sido um sequestro para exigir resgate.

— Essas teorias não explicam o telegrama.

— Muito bem, Watson. O telegrama continua sendo a única pista concreta que temos, portanto não devemos nos desviar dele. E é justamente para esclarecer o objetivo desse telegrama que estamos indo para Cambridge. O rumo de nossa investigação ainda está obscuro, mas muito me surpreenderei se antes que a noite acabe não esclarecermos tudo ou, pelo menos, avançarmos consideravelmente nesse sentido.

Já estava escuro quando chegamos à velha cidade universitária. Holmes chamou uma carruagem na estação e orientou o cocheiro para nos levar à casa do Dr. Leslie Armstrong. Poucos minutos depois paramos em frente a uma mansão enorme, numa das ruas mais movimentadas. Fomos recebidos e, depois de uma longa espera, pudemos entrar em seu consultório, onde encontramos o médico atrás de sua mesa.

A prova de que estou muito afastado da minha profissão é o fato de que o nome Leslie Armstrong me era totalmente desconhecido. Agora eu sei que ele não apenas é um dos chefes da escola de medicina da universidade, mas também um renomado erudito em mais de um ramo da ciência. Mas, mesmo sem conhecer seu currículo brilhante, qualquer pessoa ficaria impressionada só de olhar para aquele homem, com seu rosto forte, olhos reflexivos sob as sobrancelhas espessas e a sólida mandíbula. Um homem de personalidade complexa, severo, alerta, contemplativo, contido e formidável – assim interpretei o Dr. Leslie Armstrong. Ele olhou para o cartão de visitas de meu amigo e não expressou nenhuma satisfação nas feições severas.

– Já ouvi falar no seu nome, Sr. Holmes, e conheço bem sua profissão, que de modo algum aprovo.

– Nisso todos os criminosos do país concordam com o doutor – respondeu calmamente meu amigo.

– Enquanto se dedicar a combater o crime, meu senhor, terá o apoio de todos os membros da comunidade, embora eu creia que o aparato oficial seja suficiente para esse objetivo. Sua missão é mais duvidosa quando se dedica a remexer em segredos particulares, assuntos de família que deveriam permanecer escondidos, e quando desperdiça o tempo de homens mais ocupados que o senhor. Neste momento, por exemplo, eu deveria estar escrevendo um tratado em vez de conversar com um detetive.

– Sem dúvida, doutor. Ainda assim, esta conversa pode se mostrar mais importante que o tratado. Devo mencionar que estamos fazendo exatamente o contrário do que acabou de nos acusar, pois trabalhamos para evitar qualquer exposição pública de assuntos particulares, o que é inevitável quando o caso cai nas mãos da polícia. O senhor pode me considerar simplesmente como um batedor civil, que abre caminho para as forças regulares do Exército. Vim para lhe perguntar a respeito do Sr. Godfrey Staunton.

– O que tem ele?

– O senhor o conhece, correto?

– Ele é um grande amigo meu.

– Está ciente de que ele desapareceu?

– Ora essa! – Não houve mudança na expressão rígida do médico.

– Ele saiu de seu quarto no hotel ontem à noite. Desde então não se sabe dele.

– Sem dúvida, ele voltará.

– Amanhã é o jogo da universidade.

– Não aprecio esses joguinhos infantis. O destino do jovem me interessa mais, já que o conheço e gosto dele. O jogo não me interessa absolutamente.

– Então apelo à sua amizade para que colabore na investigação do desaparecimento do Sr. Staunton. Sabe onde ele está?

– Claro que não.

– O senhor o viu nas últimas vinte e quatro horas?

– Não.

— O Sr. Staunton é um homem saudável?
— Absolutamente.
— Já o viu doente?
— Nunca.
Holmes colocou uma folha de papel diante do médico.
— Então talvez queira me explicar este recibo de treze guinéus, pagos pelo Sr. Godfrey Staunton no mês passado ao Dr. Leslie Armstrong, de Cambridge. Peguei-o entre outros papéis em sua escrivaninha.
O médico corou de raiva.
— Não creio que haja qualquer motivo pelo qual eu lhe deva explicações, Sr. Holmes!
Holmes guardou o recibo em seu caderninho.
— Se prefere que o caso se torne público, isso vai acontecer mais cedo ou mais tarde — disse Holmes. — Já lhe disse que posso abafar o que outras pessoas tornariam público, de modo que seria mais prudente o senhor confiar em mim.
— Não sei de nada a respeito.
— Recebeu notícias do Sr. Staunton quando ele estava em Londres?
— Claro que não.
— Ora, ora, o correio outra vez! — Holmes suspirou, cansado. — Um telegrama extremamente urgente foi despachado para o senhor ontem às seis da tarde por Godfrey Staunton. Esse telegrama está associado ao desaparecimento do jovem, e o senhor não o recebeu! É inadmissível. Vou até a agência local registrar uma queixa.
O Dr. Leslie Armstrong pulou de detrás de sua escrivaninha, com o rosto roxo de raiva.
— Vou ter de lhe pedir para sair da minha casa, senhor! — exclamou. — Pode dizer ao seu patrão, o Lorde Mount-James, que não faço negócios com ele ou com seus empregados. Não, senhor, nem mais uma palavra! — ele tocou furiosamente a sineta. — John, acompanhe estes senhores até a rua! — um mordomo pomposo acompanhou-nos até a porta. Holmes irrompeu numa gargalhada.
— Esse Dr. Leslie Armstrong é um homem determinado — disse. — Ainda não havia conhecido outra pessoa que, caso voltasse seu talento para o mal, estaria mais apta a ocupar o posto do finado Moriarty. E agora, meu pobre Watson, aqui estamos, encalhados e sem amigos nesta cidade inóspita, de onde não podemos sair, o que nos afastaria fatalmente do caso. Esta pensãozinha, aqui em frente à casa do Dr. Armstrong, parece bastante adequada às nossas necessidades. Se você puder providenciar um quarto com vista para esta rua e comprar o que for necessário para passarmos a noite, terei tempo de fazer umas poucas investigações.

Essas poucas investigações, contudo, mostraram-se mais demoradas do que Holmes pensara, pois ele não voltou antes das nove da noite. Estava pálido e abatido, sujo de poeira, exausto e faminto. Um lanche o aguardava e, depois de se alimentar, já com o cachimbo aceso, estava pronto a destilar a perspectiva meio cômica e totalmente filosófica que lhe era natural quando seus casos não se desenrolavam a contento. O barulho de rodas de carruagem fez com que se levantasse e olhasse pela janela. Um cabriolé puxado por dois cavalos parou sob um poste de iluminação a gás diante da porta do Dr. Armstrong.

– Ele esteve fora por três horas – disse Holmes. – Saiu às seis e meia e só está voltando agora. Pode ter percorrido uma distância de quinze a dezoito quilômetros. Faz isso uma, às vezes duas vezes por dia.

– Não é estranho que um médico visite seus pacientes.

– Mas Armstrong não é, na verdade, um médico que visita seus pacientes. Ele é um acadêmico e consultor; não gosta de clinicar, pois isso o afasta de seu trabalho literário. Por que, então, faz essas longas viagens, que certamente o irritam, e quem é que ele visita?

– Será que o cocheiro...

– Meu caro Watson, duvida que eu o tenha procurado em primeiro lugar? Não sei se ele é maldoso por natureza ou se foi instigado pelo patrão, mas soltou o cachorro em mim. Contudo, nem o cachorro nem o cocheiro gostaram da minha bengala, e a coisa parou por aí. Mas nosso relacionamento ficou estremecido, de modo que nem pude pensar em lhe fazer qualquer pergunta depois disso. Tudo o que soube foi por meio de um rapaz amigável que trabalha na pensão. Foi ele que me contou sobre os hábitos do médico e suas viagens diárias.

Naquele momento, comprovando suas palavras, a carruagem parou à porta da casa em frente.

– Você não poderia tê-lo seguido?

– Excelente, Watson! Você está brilhante esta noite. A ideia me ocorreu. Como você já deve ter percebido, há uma loja de bicicletas ao lado da pensão. Corri até lá e aluguei uma bicicleta. Consegui alcançar a carruagem e mantive uma distância discreta, de cem metros ou mais. Segui-o até sair da cidade. Já íamos longe na estrada quando um incidente infeliz aconteceu. A carruagem parou, o doutor desceu e andou rapidamente em direção a mim, pois eu também parei. Ele me disse, ironicamente, que sentia muito que a estrada fosse tão estreita, e esperava que a carruagem não impedisse minha bicicleta de passar. Seu jeito de falar não poderia ser mais admirável. Imediatamente ultrapassei a carruagem e, continuando na estrada principal, segui mais algumas milhas até parar num local para observar se a carruagem passava. Não havia sinal dela, contudo, que deve ter saído em alguma das muitas estradinhas secundárias que vi durante o trajeto. Voltei, ainda sem ver a carruagem, e agora, como pôde notar, ele voltou depois de mim. É claro que eu não tinha nenhum motivo para ligar essas viagens ao desaparecimento de Godfrey Staunton, e estava apenas querendo investigar tudo o que diz respeito ao Dr. Armstrong. Mas, agora que descobri que ele fica atento a qualquer um que o siga nessas excursões, o caso cresce em importância, e não ficarei satisfeito até esclarecer isso tudo.

– Podemos segui-lo amanhã.

– Podemos? Não é tão fácil como pensa. Você não conhece Cambridge. Ela não se presta a uma perseguição. Toda a região por onde passei esta noite é plana e desimpedida como a palma da sua mão, e o homem que estamos seguindo não é nenhum bobo, como demonstrou hoje. Telegrafei a Overton para que nos mantenha informados sobre qualquer novidade em Londres. Dei o endereço daqui. Enquanto isso, só podemos concentrar nossas atenções no Dr. Armstrong, cujo nome aparecia no cabeçalho daquele formulário que a funcionária do correio tão gentilmente me mostrou. Ele sabe do paradeiro do jovem Staunton, posso jurar isso. E, se ele sabe, será apenas por incompetência nossa que não descobriremos. No momento tenho de admitir que o doutor está em vantagem. Mas, como você sabe, Watson, não tenho o hábito de deixar o jogo nessas condições.

Mesmo assim, o amanhecer do novo dia não nos empurrou em direção à solução do mistério. Recebemos uma mensagem durante o café, que Holmes me passou com um sorriso. Ela dizia:

"Senhor, posso lhe garantir que está perdendo seu tempo ao me seguir. Tenho uma janela na traseira da minha carruagem, e se quiser fazer um passeio de trinta quilômetros que o levará de volta ao ponto de partida, é só me seguir. Por outro lado, devo lhe informar que me espionar não ajudará em absoluto o Sr. Godfrey Staunton, e tenho certeza de que o melhor que pode fazer por esse cavalheiro é voltar imediatamente a Londres para relatar ao seu cliente que não consegue encontrá-lo. Seu tempo em Cambridge será desperdiçado. Sinceramente, LESLIE ARMSTRONG."

– O doutor é um antagonista sincero e direto – disse Holmes. – Bem, bem, ele aumenta minha curiosidade, e realmente preciso saber mais antes de partir.

– A carruagem está parada lá agora – eu disse. – Ele está entrando nela. Ele olhou para nossa janela antes de entrar. Quer que eu tente segui-lo com a bicicleta?

– Não, não, meu caro Watson! Com todo o respeito às suas habilidades, você não é páreo para o doutor. Acho que possivelmente conseguiremos aquilo que procuramos com explorações independentes. Receio que precisarei ir sozinho, já que *dois* estranhos fazendo perguntas numa região tão sonolenta chamaria mais atenção do que eu desejo. Tenho certeza de que esta respeitável cidade possui atrações que irão lhe agradar. Quanto a mim, espero trazer-lhe notícias mais favoráveis à noite.

Mais uma vez, contudo, meu amigo estava destinado a se desapontar. Voltou à noite, abatido e sem ter conseguido o que queria.

– Tive um dia inútil, Watson. Fui na mesma direção do Dr. Armstrong e gastei o dia visitando todas as vilas daquele lado de Cambridge, tentando obter informações em tabernas e outras "agências" de informações. Andei bastante: explorei Chesterton, Histon, Waterbeach e Oakington e todas me desapontaram. A visita diária de uma carruagem puxada por uma parelha dificilmente seria ignorada nesses locais onde nada acontece. Mais um ponto para o doutor. Chegou telegrama para mim?

– Chegou. Já o abri. Aqui: "Procure Pompey, de Jeremy Dixon, Faculdade Trinity". Não entendi.

– Para mim está claro. É uma resposta de nosso amigo Overton a uma pergunta que lhe fiz. Vou enviar uma mensagem para o Sr. Jeremy Dixon e tenho certeza de que nossa sorte voltará. Ah, sim; alguma notícia sobre o jogo?

– Sim, o jornal vespertino local tem uma reportagem muito boa. Oxford venceu. O último parágrafo do comentário diz: "A derrota de Cambridge pode ser inteiramente atribuída à infeliz ausência do craque internacional Godfrey Staunton, sentida em todos os momentos do jogo. A falta de entrosamento na linha e a fraqueza de Cambridge tanto no ataque como na defesa neutralizaram os esforços do time".

– Então, a preocupação de nosso amigo Overton era justificada – disse Holmes. – Pessoalmente, concordo com o Dr. Armstrong, e rúgbi não me atrai. Agora, Watson, eu proponho uma longa noite de sono, pois prevejo que amanhã o dia será cheio.

Fiquei horrorizado assim que vi Holmes na manhã seguinte, pois ele estava junto ao fogo segurando uma seringa hipodérmica. Associei aquele instrumento à sua fraqueza e temi o pior. Ele apenas riu da minha expressão de receio e colocou a seringa sobre a mesa.

– Não, não, meu caro amigo. Não precisa se preocupar. No momento esta não é uma ferramenta do mal. Pelo contrário, será a chave para o nosso mistério. Baseio minhas esperanças nesta seringa. Acabo de voltar de uma expediçãozinha exploratória e tudo vai bem. Tome um bom café da manhã, Watson, pois sugiro que hoje sigamos o Dr. Armstrong, e não teremos tempo para descansar ou comer enquanto eu não descobrir sua toca.

– Nesse caso – eu disse –, é melhor levarmos a comida conosco, pois ele está saindo cedo. A carruagem está parada junto à porta.

– Não se preocupe. Deixe-o ir. Vamos ver se ele consegue ir aonde eu não possa achá-lo. Quando terminar, venha comigo ao térreo, pois quero lhe apresentar um detetive que é um especialista no trabalho que temos pela frente.

Ao descer, acompanhei Holmes ao estábulo, onde ele abriu a porta de uma baia vazia, da qual saiu um cachorro branco e marrom, orelhudo, gorducho e atarracado. Parecia uma mistura de *beagle* com *foxhound*.

– Deixe-me apresentá-lo a Pompey – disse Holmes. – Ele é o orgulho dos caçadores locais. Não é muito rápido, como se percebe pela sua constituição, mas tem um faro excelente. Bem, Pompey, talvez você não seja muito veloz, mas com certeza é rápido demais para dois londrinos de meia-idade, portanto vou tomar a liberdade de prender esta correia à sua coleira. Agora, meu garoto, vamos lá, mostre-me o que sabe fazer!

Holmes levou o cachorro até a porta do doutor. O cão cheirou o local por um instante e então, com um ganido de alegria, começou a descer a rua, puxando a correia para ir mais depressa. Em meia hora já havíamos saído da cidade e estávamos correndo por uma estrada.

– O que você fez, Holmes? – perguntei.

– Usei um truque antigo, mas muito útil. Fui ao pátio do doutor, esta manhã, e espalhei aroma de anis, com a seringa, na roda traseira da carruagem. Qualquer cão de caça seguiria esse aroma até o fim do mundo, e o nosso amigo Armstrong precisaria ir até a Ásia para despistar Pompey. Ah, o malandro, foi aqui que ele me enganou, na outra noite.

O cachorro saíra repentinamente da estrada principal para um atalho gramado. Oitocentos metros depois, o caminho caía numa outra estrada, e o rasto fazia uma curva para a direita, na direção da cidade de onde viéramos. A estrada virava para o sul da cidade, em direção oposta àquela em que começáramos.

– Este desvio foi por nossa causa, então? – disse Holmes. – Não é de admirar que minhas investigações nas vilas de lá não deram em nada. O doutor está jogando duro, e eu gostaria de saber o motivo de tanto despiste. À nossa direita deve ser a vila de Trumpington. E... por Deus! Lá está a carruagem! Rápido, Watson, rápido ou perdemos!

Holmes atravessou um portão, levando o relutante Pompey consigo. Mal tivemos tempo de nos esconder atrás da cerca viva quando a carruagem passou. Vi o Dr. Armstrong lá dentro, com os ombros curvados e a cabeça apoiada nas mãos, imagem viva da angústia. Pelo rosto sério de Sherlock, percebi que ele também vira.

– Receio que nossa busca terá um final triste – disse ele. – Vamos, Pompey! Creio que o encontraremos naquele chalé.

Não havia dúvida de que nossa jornada terminara. Pompey correu e ganiu do lado de fora do portão, por onde entravam as marcas das rodas da carruagem. Um caminho levava ao chalé. Holmes amarrou o cão à cerca e fomos até lá. Meu amigo bateu na porta rústica. Bateu de novo e não obteve resposta. Mas percebemos que o chalé não estava vazio, pois ouvíamos um som abafado; uma espécie de sussurro triste e desesperado, indescritivelmente melancólico. Holmes hesitou e então olhou para a estrada de onde havíamos acabado de sair. Uma charrete vinha por ela e aqueles cavalos cinza eram inconfundíveis.

– Ora essa, o doutor está voltando! – exclamou Holmes. – É isso. Temos de ver do que se trata antes que ele chegue.

Holmes abriu a porta e entrou. O som abafado chegou mais alto aos nossos ouvidos, até que se tornou um lamento de angústia. Vinha do andar superior. Holmes e eu corremos escada acima. Ele empurrou uma porta entreaberta e paramos, assustados, com o que vimos diante de nós.

Uma mulher jovem e linda jazia morta sobre a cama. Seu rosto calmo e pálido, com os olhos azuis abertos, estava virado para cima, emoldurado pelo cabelo dourado. Ao pé da cama, meio sentado, meio ajoelhado, com o rosto enterrado nos lençóis, um jovem chorava. Estava tão perturbado que não olhou para nós até Holmes colocar a mão em seu ombro.

– Você é Godfrey Staunton?

– Sim, sim, mas chegaram tarde demais. Ela já morreu.

A confusão de Staunton era tanta que ele só conseguia imaginar que fôssemos médicos enviados para ajudar. Holmes estava tentando balbuciar algumas palavras de consolo, e também explicar como seu sumiço preocupara os colegas de time, quando ouvimos passos na escada, e o rosto severo e inquisitivo do Dr. Armstrong surgiu na porta.

– Então, cavalheiros – ele disse –, conseguiram o que queriam. E escolheram um momento particularmente delicado para se intrometer. Eu nunca começaria uma briga num momento como este, mas podem ter certeza de que, se eu fosse mais jovem, sua conduta monstruosa não passaria impune.

– Perdoe-me, Dr. Armstrong, mas acho que há algum mal-entendido – respondeu dignamente Holmes. – Se descer conosco, talvez possamos fazer certos esclarecimentos quanto a este triste problema.

Logo depois estávamos, nós e o doutor, na sala de estar do térreo.

– E então, meu senhor? – Armstrong começou.

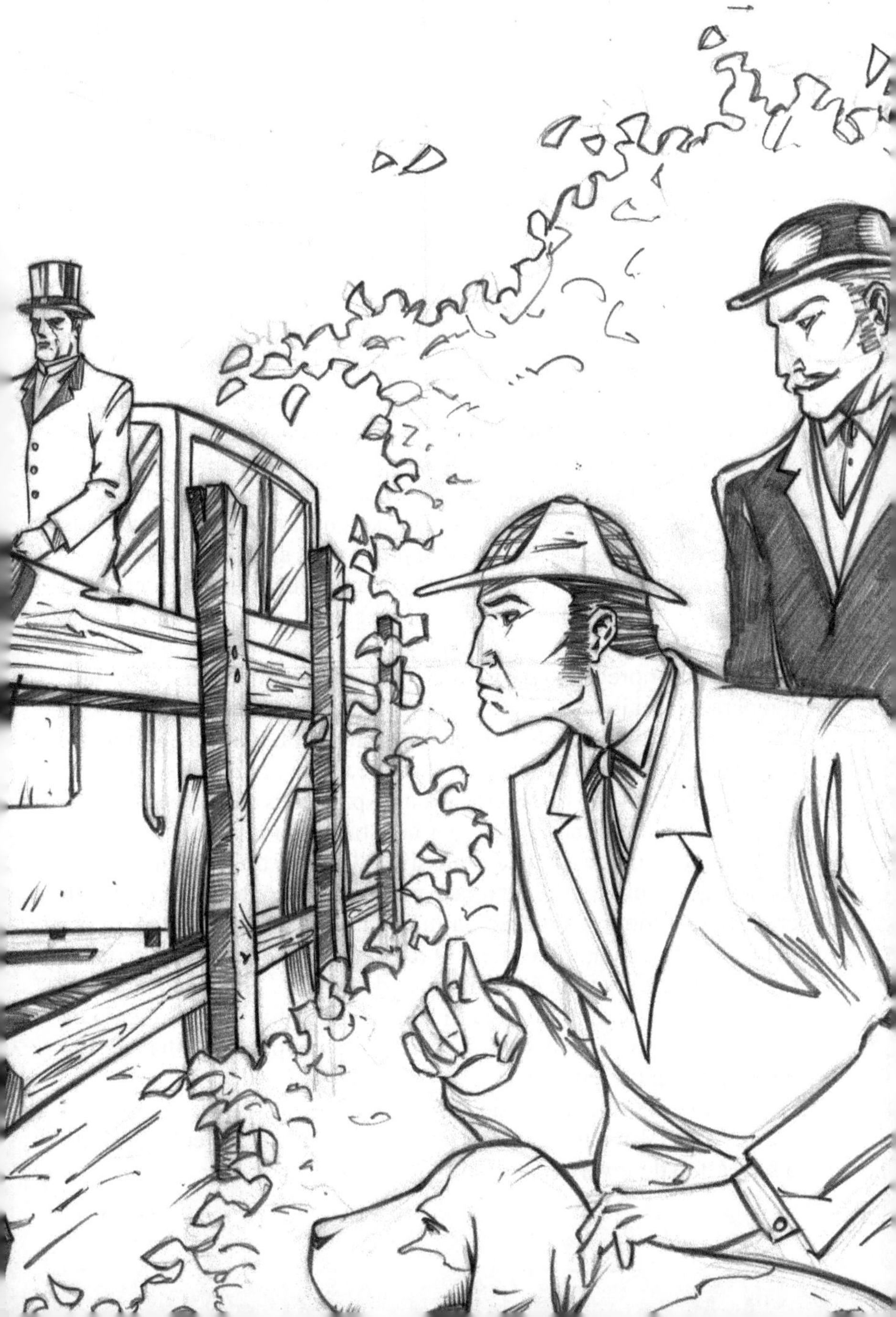

– Em primeiro lugar, precisa saber que não fui contratado pelo Lorde Mount-James, e que não tenho simpatia alguma por aquele senhor. Quando me pedem para encontrar uma pessoa desaparecida, é meu dever encontrá-la. Mas minha missão termina aqui, e, já que não houve crime, também prefiro abafar o problema a torná-lo público. Se, como imagino, a lei não foi infringida, pode confiar totalmente na minha discrição e contar com minha cooperação para manter os fatos fora dos jornais.

O Dr. Armstrong se adiantou e pegou a mão de Holmes.

– Você é um bom sujeito – ele disse. – Julguei-o mal. Agradeço a Deus que meu remorso por deixar o pobre Staunton sozinho num momento como este tenha me feito voltar e conhecê-lo melhor. Sabendo o quanto o senhor sabe, será mais fácil explicar-lhe a situação. Há um ano, Godfrey Staunton hospedou-se em Londres por um tempo e apaixonou-se pela filha da senhoria, com quem se casou. A moça era tão boa quanto linda, e tão inteligente quanto boa. Ninguém precisaria se envergonhar de uma esposa como essa. Mas Godfrey é o herdeiro daquele nobre patife, e certamente a notícia de seu casamento faria com que fosse deserdado. Eu conhecia bem o rapaz e gostava dele por suas qualidades. Fiz tudo o que podia para ajudá-lo. Procuramos esconder o casamento de todos, pois quando surge uma fofoca, logo todo mundo fica sabendo. Graças a este chalé isolado e à sua própria discrição, Godfrey conseguiu manter o segredo, conhecido apenas por mim e pelo empregado de confiança que está a caminho de Trumpington para pedir ajuda. Mas veio este golpe terrível, que foi a perigosa doença que acometeu sua esposa. Tuberculose do tipo mais virulento. O garoto estava louco de tristeza, mas precisava voltar a Londres para o jogo, pois caso não fosse teria de dar explicações que revelariam seu segredo. Tentei animá-lo com um telegrama, ao qual ele respondeu pedindo que eu fizesse todo o possível. Trata-se do telegrama que o senhor, de algum modo inexplicável, viu. Não contei a ele o quanto era desesperadora a situação da moça, mas contei a verdade ao pai dela, que foi procurar Godfrey. O resultado é que ele veio imediatamente, quase fora de si, e permaneceu desse jeito, ajoelhado na borda da cama, até que a morte, esta manhã, colocou fim ao sofrimento da sua esposa. Isso é tudo, Sr. Holmes, e sei que posso confiar na sua discrição e na de seu amigo.

Holmes apertou a mão do médico.

– Venha, Watson – ele disse, e saímos daquela casa enlutada para o sol pálido de inverno.

O Mistério de Abbey Grange

Foi numa manhã muito fria, durante o inverno de 1897, que fui acordado com uma batida no ombro. Era Holmes. A vela em sua mão iluminava o rosto ansioso, que me dizia que algo estava errado.

– Vamos, Watson, vamos! – exclamou. – O jogo está em andamento. Não diga nada! Vista suas roupas e venha!

Dez minutos depois estávamos numa carruagem que rangia pelas ruas silenciosas a caminho da estação de Charing Cross. Os primeiros raios do sol invernal começavam a despontar, e mal conseguíamos avistar a silhueta indistinta de alguns trabalhadores pelos quais passávamos, em meio ao nevoeiro londrino. Holmes permanecia quieto, abrigado em seu grosso casaco. Felizmente, eu me vestira da mesma forma, pois o dia estava muito frio e nenhum de nós tomara o café da manhã. Foi somente depois que tomamos um pouco de chá quente na estação e ocupamos nossos lugares no trem para Kent que nos sentimos dispostos, ele a falar e eu a ouvir. Holmes tirou um bilhete do bolso e leu em voz alta:

"Abbey Grange, Marsham, Kent. 3:30 da madrugada.
Meu caro Sr. Holmes,
Ficaria satisfeito se pudesse contar com seu auxílio imediato num caso que promete ser extraordinário. É bem do seu estilo. A não ser por liberar a senhora, farei com que tudo seja mantido exatamente como eu encontrei, mas peço-lhe para não perder nem um instante, pois está sendo difícil deixar *Sir* Eustace lá.
Sinceramente, STANLEY HOPKINS."

– Hopkins já me pediu ajuda sete vezes, e todas elas se justificaram – disse Holmes. – Imagino que cada um dos casos dele tem um lugar em sua coleção, Watson. Aliás, tenho de admitir que sua capacidade de seleção desculpa muitas coisas que deploro em suas narrativas. Seu hábito fatal de ver cada caso como se fosse uma aventura, em vez de um exercício científico, pode ter arruinado o que seria uma série clássica de criminologia. Você ignora trabalhos delicados e refinados, para se deter em detalhes sensacionalistas que podem entusiasmar, mas não instruir o leitor.

– Por que não escreve você mesmo? – perguntei, chateado.

– E vou escrever, meu caro Watson, vou escrever. No momento, como você sabe, tenho andado muito ocupado, mas pretendo dedicar meus anos de aposentadoria à elaboração de uma obra que abrangerá toda a arte da investigação, em apenas um volume. Nossa investigação de hoje parece ser um caso de assassinato.

– Então acha que esse *Sir* Eustace está morto?

– Diria que sim. O bilhete de Stanley Hopkins mostra muito nervosismo, e ele não é um homem emotivo. Sim, acredito que houve violência e que o corpo está lá para que o inspecionemos. Se fosse apenas um suicídio, ele não teria me chamado. Quanto à liberação da senhora, dá a impressão de que ela foi trancada em seu quarto durante a tragédia. Estamos mexendo com a alta sociedade, Watson. Veja o papel, o monograma "E. B.", o brasão e o endereço refinado. Acho que nosso amigo Hopkins vai manter sua reputação e nós teremos uma manhã interessante. O crime foi cometido antes da meia-noite.

– Como pode saber?

– Por causa dos trens e estimando o tempo. A polícia local teve de ser chamada, eles se comunicaram com a Scotland Yard, Hopkins foi até lá e, por sua vez, mandou me chamar. Tudo isso leva uma noite inteira. Bem, aqui estamos na estação Chislehurst e logo esclareceremos nossas dúvidas.

Um percurso de alguns quilômetros a bordo de uma carruagem, através de estradas vicinais, levou-nos a um portão, que foi aberto por um zelador idoso, cujo rosto transtornado indicava que algum grande desastre acontecera. A alameda atravessava o parque entre fileiras de olmos antigos e terminava numa casa ampla com colunas na frente. A parte central, evidentemente muito antiga, era coberta por hera, mas as grandes janelas mostravam que haviam sido feitas reformas recentemente, sendo que uma ala da casa era totalmente nova. O jovem Stanley Hopkins, com seu rosto ansioso e alerta, esperava por nós na entrada.

– Fico feliz por ter vindo, Sr. Holmes. E o senhor também, Dr. Watson! Mas, se pudesse voltar atrás, acho que não os aborreceria, pois a senhora se recuperou e deu um depoimento tão claro sobre o caso que não restou muito para investigarmos. Lembra-se da quadrilha Lewisham, de arrombadores?

– Quê? Os três Randalls?

— Isso mesmo, o pai e dois filhos. Foi trabalho deles. Tenho certeza. Fizeram um trabalhinho em Sydenham há quinze dias, do qual temos testemunhas com descrição deles e tudo. Foram muito ousados em praticar outro em tão pouco tempo e tão próximo ao anterior, mas é obra deles, sem dúvida. Mas desta vez vão para a forca.

— Então, *Sir* Eustace está morto?

— Está. Foi morto com um golpe na cabeça dado com o atiçador da lareira.

— *Sir* Eustace Brackenstall, foi o que o cocheiro me falou.

— Exatamente. Um dos homens mais ricos de Kent. *Lady* Brackenstall está na sala. Pobre mulher, teve uma experiência terrível. Parecia uma morta-viva quando a encontrei. Acho que é melhor você falar com ela e ouvir seu depoimento. Depois examinaremos juntos a sala de jantar.

Lady Brackenstall não era uma pessoa comum. Poucas vezes vi figura tão graciosa, uma presença tão feminina e um rosto tão lindo. Era loira, de cabelos dourados, olhos azuis e, sem dúvida, teria uma compleição que ornava totalmente com tais cores, não fosse pela experiência por que passara, que a deixara transfigurada. Seu sofrimento era tanto mental quanto físico, pois ela apresentava um feio hematoma roxo sobre o olho, ao qual a empregada, alta e austera, aplicava constantemente compressas de água e vinagre. A senhora estava deitada, exausta, no sofá, mas seu olhar ágil e atento quando entramos na sala, e a expressão alerta de suas lindas feições mostravam que sua coragem não tinha sido abalada por aquela experiência terrível. Vestia um roupão azul e prata folgado, mas um vestido social preto jazia sobre o sofá atrás dela.

— Já lhe contei tudo o que aconteceu, Sr. Hopkins — ela disse, abatida —, o senhor não pode repetir para mim? Bem, se acha necessário, vou contar a estes cavalheiros o que aconteceu. Já estiveram na sala de jantar?

— Achei que seria melhor que eles a ouvissem primeiro.

— Eu ficaria contente se o senhor pudesse arrumar as coisas para mim. É terrível pensar nele estirado lá, ainda.

Ela estremeceu e escondeu o rosto com as mãos. As mangas do roupão escorregaram, mostrando seus braços. Holmes murmurou uma exclamação.

— A senhora tem outras feridas! O que foi isso?

Duas manchas vermelhas destacavam-se na pele branca. Ela cobriu-as rapidamente.

— Não foi nada. Não tem relação com o terrível acontecimento desta noite. Se o senhor e seu amigo se sentarem, vou lhes contar tudo o que posso.

"Sou a esposa de *Sir* Eustace Brackenstall. Estou casada há um ano. Acho que não adianta tentar esconder que nosso casamento não foi feliz. Receio que todos os nossos vizinhos poderiam lhe dizer isso, mesmo que eu tentasse negar. Talvez a culpa fosse parcialmente minha. Fui criada na atmosfera menos formal do sul da Austrália, e esta vida inglesa, com suas regras e etiquetas, não combina comigo. Mas a razão principal, conhecida de todos, é que *Sir* Eustace era um alcoólatra. Conviver com um homem desse tipo por uma hora é desagradável. Pode imaginar o que significa, para uma mulher sensível e alegre, estar ligada a ele dia e noite? É um sacrilégio, um crime, dizer que tal casamento é indissolúvel. Essas suas leis monstruosas trarão muito sofrimento ao seu país. Deus não permitirá que essa perversidade continue.

Ela se ergueu por um momento, com as faces coradas e os olhos chispando embaixo daquele terrível hematoma. Então, a mão forte e tranquilizadora da empregada fez com que se deitasse novamente, e a fúria deu lugar ao choro. Ela continuou:

– Vou lhe contar sobre a noite passada. O senhor talvez saiba que os criados dormem na ala moderna da casa. Este bloco central é constituído pelos cômodos da residência, sendo que a cozinha fica atrás e nosso dormitório em cima. Theresa, minha empregada, mora acima do meu quarto. Aqui não fica mais ninguém, e nenhum som poderia despertar quem dorme na ala mais distante. Os assaltantes deviam saber disso, ou não teriam agido como agiram.

"*Sir* Eustace foi para o quarto às dez e meia. Os empregados já tinham ido para seus aposentos. Somente minha criada estava acordada; ela ficou em seu quarto, no andar de cima, até eu precisar de seus serviços. Fiquei nesta sala até depois das onze horas, entretida com um livro. Então levantei-me e fui verificar se tudo estava em ordem antes de subir. Era meu costume fazer essa ronda pois, como já disse, nem sempre era possível confiar em *Sir* Eustace. Passei pela cozinha, despensa, sala de armas, sala de jogos, de visitas e, finalmente, pela sala de jantar. Ao me aproximar da janela, que tem cortinas grossas, repentinamente senti o vento soprar no meu rosto e percebi que estava aberta. Afastei a cortina e me encontrei, cara a cara, com um homem idoso, de ombros largos, que acabara de entrar na sala. A janela é do tipo francesa e funciona, realmente, como uma porta para o gramado. Eu segurava a vela acesa e assim vi, por trás do velho, dois homens entrando. Recuei, mas o sujeito logo me pegou, primeiro pelo pulso e depois pela garganta. Abri a boca para gritar, mas ele me deu um soco violento acima do olho, que me fez cair. Devo ter ficado inconsciente durante alguns minutos, pois quando dei por mim estava amarrada

O Mistério de Abbey Grange

com a corda da campainha naquela cadeira de carvalho à cabeceira da mesa. Eles me amarraram tão firmemente que eu não conseguia me mexer, e também não podia emitir nenhum som, pois me amordaçaram com um lenço. Foi nesse momento que meu marido teve a infelicidade de entrar na sala. Evidentemente ouvira algum som estranho e veio preparado para a cena que encontrou. Vestia calça e camisa e segurava uma bengala grossa e pesada. Correu na direção de um dos assaltantes, mas o outro, o velho, se abaixou, pegou o atiçador e desferiu-lhe um golpe terrível. *Sir* Eustace caiu sem soltar um gemido sequer e não se mexeu mais. Desmaiei outra vez, mas deve ter sido por poucos minutos. Quando abri os olhos, percebi que haviam reunido a prataria e aberto uma garrafa de vinho. Cada um deles segurava um copo. Acho que já lhes disse que um era velho, de barba, e os outros, jovens, sem barba. Pareciam pai e filhos. Conversavam sussurrando. Então vieram ver se eu continuava bem amarrada. Depois fugiram, fechando a janela ao saírem. Demorou pelo menos uns quinze minutos até eu conseguir liberar a boca e começar a gritar. Os gritos fizeram com que a criada viesse me ajudar. Logo os outros empregados foram avisados e mandamos chamar a polícia local, que instantaneamente informou Londres. Isso é tudo o que sei, cavalheiros.

– Alguma pergunta, Sr. Holmes? – perguntou Hopkins.

– Não vou abusar mais do tempo e da paciência de *Lady* Brackenstall – disse Holmes. – Antes de ir à sala de jantar, gostaria de ouvi-la – ele se dirigiu à criada.

– Vi esses homens antes mesmo que entrassem na casa – ela começou. – Eu estava sentada junto à janela do meu quarto quando vi, iluminados pelo luar, três homens próximos ao portão, mas aquilo não me chamou a atenção. Mais de uma hora depois ouvi minha patroa gritar, corri escada abaixo e encontrei-a como ela contou; o patrão estava caído; havia sangue e fragmentos de massa encefálica espalhados pelo chão. Isso seria o suficiente para enlouquecer qualquer mulher; amarrada ali, com o vestido manchado pelo sangue do marido. Mas a Srta. Mary Fraser, de Adelaide, Austrália, atual *Lady* Brackenstall, de Abbey Grange, sempre foi muito corajosa. Os senhores já a interrogaram demais, e agora ela vai para o quarto, com sua velha Theresa, para o descanso de que tanto precisa.

Com carinho materno, a mulher enlaçou sua patroa com o braço e levou-a da sala.

– Estão juntas a vida toda – informou Hopkins. – Theresa Wright é o nome dela, e começou cuidando da patroa quando bebê; depois acompanhou-a da Austrália à Inglaterra, quando ela resolveu vir para cá, há dezoito meses. O tipo de empregada que não se encontra mais hoje em dia. Por aqui, Sr. Holmes.

O interesse sumira do rosto expressivo de Sherlock Holmes, e eu sabia que, junto com o mistério, o charme do caso desaparecera. Ainda faltava prender os criminosos, mas onde estariam para que Holmes sujasse suas mãos com eles? Um grande cirurgião, chamado para cuidar de um caso de catapora, sentiria o mesmo aborrecimento que eu via nos olhos do meu amigo. Ainda assim, a cena que encontramos na sala de jantar de Abbey Grange foi suficientemente estranha para prender sua atenção e reavivar seu interesse.

Era um aposento muito espaçoso, com pé-direito alto, revestido em carvalho trabalhado, no teto e nas paredes. Estas eram adornadas com cabeças de alces e armas. Na parede oposta à porta estava a janela francesa de que nos falaram. Três janelas menores à direita inundavam a sala com o sol frio de inverno. À esquerda ficava a enorme lareira, com seu console de carvalho maciço. Ao lado dela estava a cadeira onde *Lady* Brackenstall fora amarrada. O cordão vermelho continuava trançado na madeira trabalhada. Quando a soltaram, afrouxaram a corda, mas deixaram os nós atados. Mas só reparamos nesses detalhes depois, pois estávamos totalmente absorvidos por aquilo que jazia espalhado sobre o tapete de pele de tigre.

Era o corpo de um homem alto e forte, com cerca de quarenta anos. Estava de costas, com o rosto virado para o teto, mostrando os dentes através da curta barba negra. As duas mãos crispadas estavam acima da cabeça, com uma bengala pesada caída entre elas. Suas feições aquilinas e até atraentes haviam se transfigurado pelo espasmo de raiva, assumindo uma expressão demoníaca. Evidentemente já dormia quando algum barulho chamara sua atenção, pois vestia uma camisa de pijama e estava descalço. Havia um ferimento horrível em sua cabeça, e toda a sala apresentava evidências do golpe selvagem que o abatera. Ao seu lado jazia o atiçador, curvado pela concussão. Holmes examinou a arma e o estrago indescritível que ela provocou.

– Deve ser forte, esse velho Randall – Holmes observou.

– E é – concordou Hopkins. – Pela sua ficha, sei que é um sujeito violento.

– Você não terá dificuldades em prendê-lo.

– Não, mesmo. Estamos atrás dele há algum tempo e pensamos que estivesse na América. Agora que sabemos que a quadrilha está por aqui, eles não têm como escapar. Já avisamos todos os portos, e até a noite uma recompensa será oferecida. O que me intriga é por que fizeram isso, sabendo que *Lady* Brackenstall poderia descrevê-los e que nós os reconheceríamos pela descrição.

— Exatamente. Era de se esperar que tivessem matado também a mulher.

— Talvez não tenham percebido — sugeri — que ela se recobrara do desmaio.

— Pode ser. Se ela parecia desacordada, talvez não pensassem em matá-la. E quanto a este infeliz, Hopkins? Ouvi histórias estranhas sobre ele.

— Era um bom homem quando sóbrio, mas um verdadeiro demônio quando bebia. Então, parecia estar possuído e era capaz de tudo. Pelo que soube, apesar de título e fortuna, ele quase foi preso, por duas vezes. Primeiro foi o escândalo do cachorro no qual *Sir* Eustace jogou petróleo e ateou fogo. E o que é pior: o cão pertencia à esposa. O caso foi abafado com dificuldade. Depois ele jogou uma garrafa na criada, Theresa Wright, o que trouxe novos problemas. Cá entre nós, de um modo geral, a casa vai estar melhor sem ele. O que você está olhando aí?

Holmes estava ajoelhado, examinando atentamente os nós no cordão vermelho com o qual a senhora fora amarrada. Depois, observou a ponta que se partiu quando o assaltante o arrancou.

— Quando o cordão foi arrancado, a campainha na cozinha deve ter tocado bem alto — ele disse.

— Ninguém poderia ouvir. A cozinha fica nos fundos da casa.

— Como o assaltante poderia saber isso? E assim, como é que se arriscou a puxar dessa forma um cordão de campainha?

— Exatamente, Sr. Holmes, exatamente. Está fazendo a mesma pergunta que eu mesmo me fiz, várias vezes. Não há dúvida de que esse sujeito conhecia a casa e seus hábitos. Ele devia saber que os criados estariam na cama relativamente cedo e que ninguém escutaria a campainha tocando na cozinha. Portanto, ele deve ter um cúmplice na casa. Isso é evidente. Mas todos os oito criados são boas pessoas.

— Sendo assim — disse Holmes —, pode-se suspeitar daquela em cuja cabeça o patrão atirou a garrafa. Mas isso significaria que ela traiu a mulher a quem sempre se dedicou. Bem, bem, isso é o de menos. Quando você prender Randall provavelmente descobrirá seu cúmplice. A história que *Lady* Brackenstall contou parece corroborada, se é que precisa ser, por todos os detalhes que vimos — ele andou até a janela francesa e a abriu. — Não há pegadas aqui, mas o chão é muito duro e dificilmente apresentaria algo assim. Percebo que as velas sobre a lareira foram acesas.

— Foram. E foi à luz delas, e daquela que a senhora trouxe, que eles viram o que estavam fazendo.

— Roubaram muita coisa?

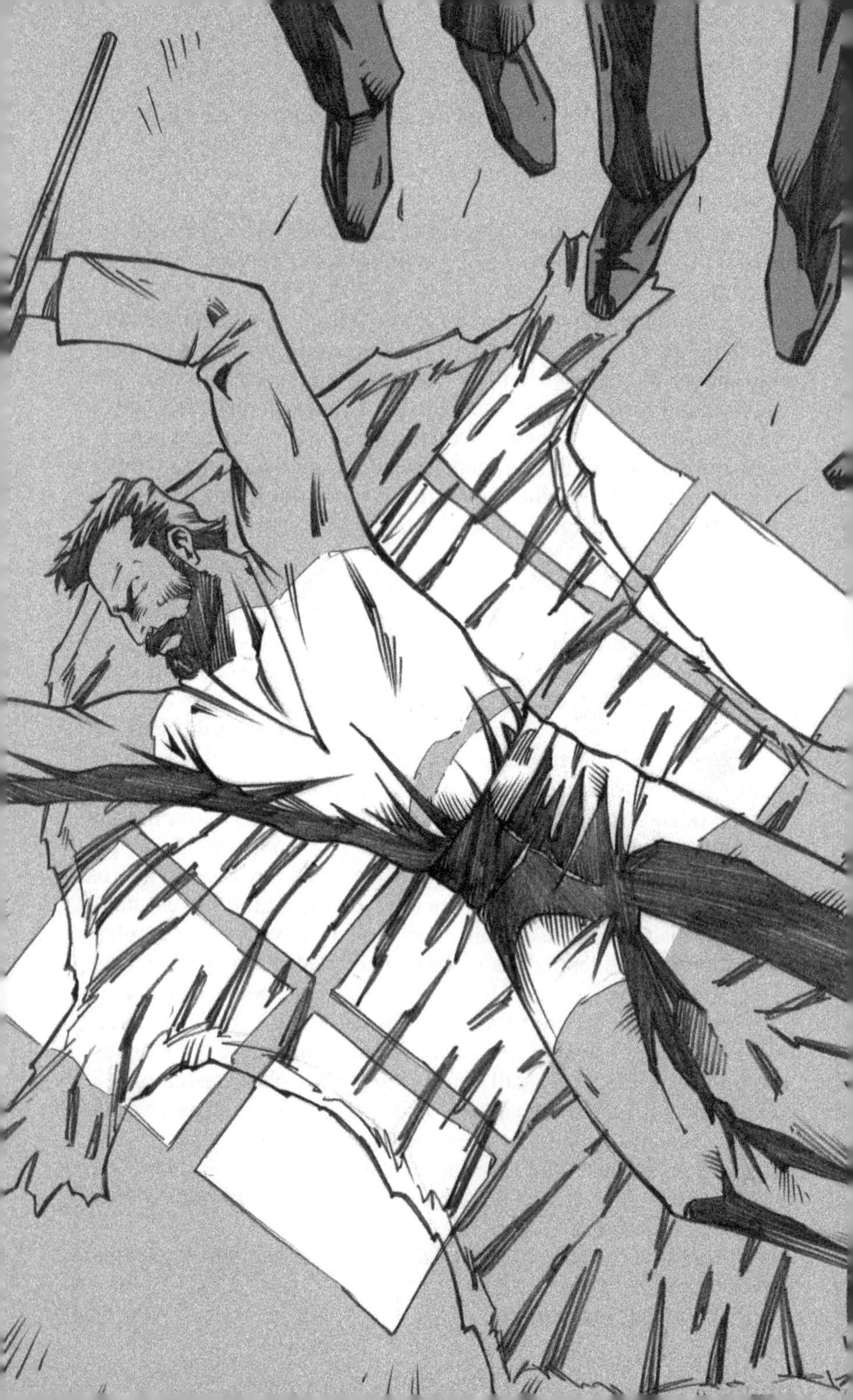

— Não muita. Meia dúzia de objetos de prata. *Lady* Brackenstall acha que eles próprios ficaram tão perturbados pela morte de *Sir* Eustace que acabaram não saqueando toda a casa, como certamente pretendiam.

— Sem dúvida, é verdade. Mas beberam vinho.

— Para se acalmar.

— Exatamente. Esses três copos sobre o bufê não foram tocados, imagino?

— Sim, tanto eles como a garrafa estão como foram deixados.

— Vamos dar uma olhada. Opa! Opa! O que é isto?

Os três copos estavam juntos, todos tintos de vinho, sendo que um continha borra. A garrafa estava ao lado deles, com dois terços de bebida. Ao lado jazia uma rolha comprida e manchada. Sua aparência e a poeira na garrafa mostravam que os assassinos não tinham bebido um vinho qualquer.

A atitude de Holmes mudou. Ele perdeu a expressão desinteressada e novamente vi seus olhos se aguçarem. Ele pegou a rolha, examinando-a minuciosamente.

— Como foi que a sacaram? — perguntou.

Hopkins apontou para a gaveta meio aberta. Dentro dela havia toalhas de mesa e um grande saca-rolhas.

— *Lady* Brackenstall disse que usaram este saca-rolhas?

— Não, lembra-se? Ela estava inconsciente no momento em que a garrafa foi aberta.

— É mesmo. Na verdade, este saca-rolhas não foi usado. A rolha foi retirada com um abridor de bolso, que, provavelmente, faz parte de um canivete e não tem mais de quatro centímetros de comprimento. Se olharem a parte de cima da rolha verão que o saca-rolhas foi introduzido três vezes até conseguirem abrir a garrafa. A rolha não foi atravessada, o que teria acontecido se usassem o abridor grande; além disso, teria bastado uma tentativa. Quando prender os bandidos, vai encontrar um canivete suíço com um deles.

— Excelente! — disse Hopkins.

— Mas esses copos realmente me intrigam, eu confesso. *Lady* Brackenstall realmente *viu* os três homens bebendo?

— Sim, ela foi bem clara a respeito.

— Então é isso. O que mais falta dizer? Ainda assim, tem de admitir que esses três copos são interessantes. Como, não vê nada de interessante? Ora, ora, deixe para lá. Quando alguém tem conhecimentos e métodos especiais, como eu, talvez tenha tendência a procurar explicações complexas mesmo quando se depara com as coisas mais simples. É claro que pode ser apenas uma coincidência. Bom dia,

Hopkins. Acho que não posso ajudá-lo, pois parece que o caso está esclarecido. Avise-me quando prender Randall e também sobre qualquer novidade. Acredito que logo o estarei parabenizando por mais um sucesso. Vamos, Watson, acho que seremos mais úteis em casa.

Durante nossa viagem de volta, pude ver pelo rosto de Holmes que ele continuava intrigado por algo que observara. De vez em quando ele fazia um esforço para dar a impressão de que o assunto estava resolvido, mas logo sua expressão de dúvida voltava; seu olhar vago e as sobrancelhas franzidas mostravam que ele voltara à grande sala de jantar em Abbey Grange, onde aquela tragédia noturna ocorrera. Afinal, num impulso repentino, bem quando o trem começava a sair de uma estação no subúrbio, Holmes pulou na plataforma, puxando-me junto com ele.

– Desculpe-me, caro amigo – ele disse, enquanto olhávamos para os últimos vagões desaparecendo numa curva. – Sinto muito transformá-lo em vítima do que pode ser apenas um capricho, mas, por Deus, Watson, simplesmente *não posso* deixar o caso do jeito que está. Todos os meus instintos se rebelam contra isso. Está errado, tudo errado. Juro que está errado. E ainda assim a história de *Lady* Brackenstall faz sentido, o depoimento da criada confirma e os detalhes combinam. O que tenho a opor a tudo isso? Os três copos de vinho. E só. Mas se eu não tivesse assumido como verdadeiro tudo o que me contaram, se tivesse examinado todos os detalhes com o cuidado que eu teria caso não tivessem me embrulhado com uma história pronta, será que não teria encontrado algo mais definitivo? É claro que sim. É melhor sentar neste banco, Watson, até que passe um trem para Chislehurst. Enquanto isso, permita-me expor minha teoria, mas imploro que, para começar, não acredite como sendo verdadeiro tudo o que a empregada ou sua patroa disseram. Não podemos permitir que o charme daquela senhora atrapalhe nosso raciocínio.

"Claro que existem detalhes, na história dela, que se analisados friamente provocariam suspeitas. Esses assaltantes fizeram um roubo e tanto em Sydenham, há quinze dias. Os jornais noticiaram o fato e descreveram os três. Naturalmente, qualquer pessoa que desejasse inventar uma história com ladrões imaginários poderia escalar os Randalls. Por outro lado, é fato que os assaltantes que dão um golpe bem-sucedido passam um tempo desfrutando tranquilamente o produto de sua empreitada, antes de embarcar em outra aventura perigosa. Além disso, não é comum que ladrões atuem tão cedo, e não é comum que batam numa mulher para evitar que grite, pois seria natural imaginar que isso faria com que ela gritasse ainda mais. Também não é comum que cometam assassinato quando estão em número suficiente para dominar um homem; é incomum que se contentem com "meia dúzia de peças" quando têm muito mais ao alcance e, finalmente, devo dizer que é estranho que esses homens deixem mais da metade de uma garrafa de vinho. O que lhe dizem todas essas coisas incomuns, Watson?

– Todas juntas formam um quadro suspeito, mas cada uma delas é possível, em separado. O mais incomum, para mim, é que ela tenha sido amarrada à cadeira.

– Não sei, Watson, pois para mim é evidente que eles precisariam matá-la ou então procurar uma forma de evitar que ela desse o alarme imediatamente após fugirem. Mas, de qualquer forma, consegui convencê-lo de que existe algo de improvável na história dela? E acima de tudo está o caso dos copos de vinho.

– O que têm os copos de vinho?

– Consegue visualizá-los em sua mente?

– Vejo-os claramente.

– Disseram-nos que três homens beberam neles. Isso lhe parece provável?

– Por que não? Havia vinho em cada um deles – eu disse.

– Exatamente. Mas só havia borra num copo. Deve ter percebido isso. O que isso lhe sugere? – perguntou Holmes.

– É mais provável que o último copo a ser servido fique com borra.

– De jeito nenhum. A garrafa tinha muita borra e é inconcebível que os dois primeiros copos estivessem limpos, e o terceiro, carregado. Só há duas explicações possíveis, e somente duas. Uma é que, depois que o segundo copo foi servido, a garrafa foi agitada violentamente, e então serviram o terceiro copo, que recebeu a borra. Isso não parece provável. Não, não. Tenho certeza disso.

– O que acha que aconteceu, então?

– Que somente dois copos foram usados e que os restos dos dois foram despejados no terceiro, para dar a falsa impressão de que três pessoas estiveram ali. Desse modo, toda a borra ficaria no último copo, correto? Estou convencido de que essa é a verdade. Mas, se estou certo quanto a esse pequeno fenômeno, o caso passa de simples a complicado, pois isso só pode significar que *Lady* Brackenstall e sua criada mentiram deliberadamente para nós, que não podemos acreditar em nenhuma palavra do que disseram, que têm alguma razão muito forte para encobrir o verdadeiro assassino e que devemos resolver o caso sozinhos, sem nenhuma ajuda delas. Essa é a missão que temos diante de nós. Levante-se, Watson, esse é o trem para Chislehurst.

O pessoal em Abbey Grange ficou muito surpreso com nossa volta. Sherlock Holmes, ao ver que Stanley Hopkins voltara para a Scotland Yard para fazer seu relatório, trancou-se na sala de jantar e dedicou-se por duas horas àquelas investigações minuciosas, que formam a base sólida na qual edifica suas deduções. Sentado num canto, como um aluno observando a demonstração do professor, acompanhei cada passo de sua notável pesquisa. A janela, as cortinas, o carpete, a cadeira, a corda, tudo foi detalhadamente examinado e avaliado. O corpo do infeliz baronete já fora removido, mas tudo o mais continuava como tínhamos visto pela manhã. Então, para meu espanto, Holmes subiu no console da lareira. Muito acima de sua cabeça restavam alguns centímetros do cordão vermelho que continuava preso ao fio da campainha e foi observado por Holmes durante muito tempo. Finalmente, numa tentativa de se aproximar do resto de cordão, ele apoiou o joelho numa mão-francesa na parede. Isso fez com que sua mão chegasse a alguns centímetros do fim do cordão, mas, ao que parecia, era a mão-francesa que chamava sua atenção, mais do que o cordão. Finalmente, ele desceu soltando uma exclamação de satisfação.

– Tudo bem, Watson – disse. – Resolvemos o caso, um dos mais extraordinários de nossa coleção. Mas, ora essa, como fui lerdo das ideias e o quanto cheguei perto de cometer o maior erro da minha carreira! Penso que, com mais alguns detalhes, meu caso estará encerrado.

– Já sabe quem são eles?

– Ele, Watson, ele. Somente um, mas formidável. Forte como um leão. Veja como seu golpe entortou o atiçador. Um metro e noventa de altura, muito ativo e ágil com os dedos; e, também, muito inteligente, pois toda essa história bem tramada foi invenção dele. Sim, Watson, deparamo-nos com o trabalho de um indivíduo notável. Ainda assim, deixou-nos uma pista naquele cordão que acaba com nossas dúvidas.

– Que pista?

– Ora, se você puxasse o cordão da campainha, onde imagina que ele se partiria? Claro que no ponto em que se prende ao fio. Por que ele arrebentaria a oito centímetros desse ponto, como foi o caso deste?

– Porque estava desgastado?

– Exatamente. Este lado, que podemos examinar, está desgastado. Ele foi astuto, e fez isso com uma faca. Mas a outra ponta não está. Não podemos ver isso daqui, mas, subindo-se no console da lareira, pode-se ver que o cordão foi cortado, sem qualquer marca de desgaste natural. Você pode reconstruir o que aconteceu. O homem precisava do cordão. Ele não quis puxá-lo, com medo de que a campainha atraísse os empregados. O que ele fez? Subiu na lareira, apoiou o joelho na mão-francesa, conforme pode ver pela marca na poeira, e cortou o cordão com a faca. Faltaram cerca de oito centímetros para eu alcançar o ponto do corte, de onde concluo que ele é pelo menos

oito centímetros mais alto que eu. Veja aquela marca no assento da cadeira de carvalho! O que é?
— Sangue.
— Sem dúvida é sangue. Só isso acaba com a história de *Lady* Brackenstall. Se ela estava sentada na cadeira quando o crime foi cometido, como essa mancha apareceu aí? Não, não, ela foi colocada na cadeira *depois* da morte do marido. Aposto que o vestido preto tem uma mancha correspondente. Ainda não tivemos nosso Waterloo[4], Watson. Este caso é nossa Marengo[5], pois começou com derrota e vai terminar em vitória. Agora quero trocar algumas palavrinhas com Theresa. Mas temos de ser cuidadosos, para conseguirmos as informações que desejamos.

Era uma pessoa interessante aquela australiana severa. Taciturna, desconfiada, pouco gentil; demorou algum tempo para que Holmes, com sua atitude amiga, conquistasse a boa vontade dela. Ela não tentou esconder o ódio que sentia pelo falecido patrão.

— Sim, senhor, é verdade que ele jogou a garrafa em mim. Ouvi-o xingar minha patroa e disse-lhe que ele não ousaria fazer isso se o irmão dela estivesse aqui. Foi então que *Sir* Eustace atirou a garrafa. Poderia ter jogado uma dúzia, desde que deixasse minha querida menina em paz. Ele sempre a maltratava, e ela era orgulhosa demais para reclamar. Ela nunca me contou sobre aquelas marcas no braço que o senhor viu esta manhã, mas sei muito bem que *Sir* Eustace batia nela! Maldito demônio! Que Deus me perdoe por chamá-lo assim, agora que está morto, mas era um demônio quando vivo. Era um amor quando o conhecemos, há apenas dezoito meses. Mas, agora, nós duas sentimos como se tivessem se passado dezoito anos. Ela havia acabado de chegar a Londres, era sua primeira viagem. Nunca estivera longe de casa antes. Ele a conquistou com seu título, seu dinheiro e sua falsa elegância. Se ela cometeu um erro, pagou caro. Quando foi que o conhecemos? Bem, foi logo depois que chegamos. Chegamos em junho e o conhecemos em julho. Casaram-se em janeiro do ano passado. Sim, ela voltou à sala de estar, e acho que vai recebê-los, mas peço que não façam muitas perguntas, pois ela já sofreu muito.

Lady Brackenstall estava recostada no mesmo sofá, mas parecia mais animada. A empregada nos acompanhou e recomeçou a tratar do hematoma no supercílio da patroa.

---

[4] Waterloo: cidade no centro da Bélgica, ao sul de Bruxelas, onde se deu a derrota final de Napoleão. Para os europeus significa, neste sentido, qualquer derrota decisiva ou desastrosa.

[5] Marengo: cidade no Piemonte, noroeste da Itália. Local de uma vitória (em 1800) de Napoleão sobre os austríacos, depois de começar a batalha em desvantagem.

— Espero — disse *Lady* Brackenstall — que não tenha vindo me interrogar novamente.

— Não — Holmes respondeu, com sua voz mais gentil. — Não vou incomodá-la desnecessariamente, *Lady* Brackenstall, e meu único desejo é facilitar-lhe as coisas, pois sei que é uma mulher muito sofrida. Se me tratar como amigo e confiar em mim, verá que mereço a sua confiança.

— O que quer de mim?

— Quero que diga a verdade.

— Sr. Holmes!

— Não, não, *Lady* Brackenstall, não adianta. Talvez a senhora já tenha ouvido falar da minha reputação. Aposto toda ela no fato de que sua história foi totalmente inventada.

Patroa e criada ficaram encarando Holmes, pálidas e assustadas.

— O senhor é muito insolente! — exclamou Theresa. — Está querendo dizer que minha patroa contou uma mentira?

Holmes levantou-se da cadeira.

— Não tem nada a me contar?

— Já lhe contei tudo.

— Pense mais uma vez, *Lady* Brackenstall. Não seria melhor ser sincera?

Por um instante, o lindo rosto da mulher refletiu hesitação. Mas, depois, um pensamento forte transformou-o numa máscara.

— Já lhe disse tudo o que sei.

Holmes pegou seu chapéu e deu de ombros.

— Sinto muito — disse, e calado saiu da sala e da casa. Havia um lago no jardim, para onde meu amigo se encaminhou. Estava congelado, mas haviam cortado um buraco no gelo para o cisne. Holmes observou-o por um instante e depois foi até a residência do caseiro. Lá escreveu um bilhete para Stanley Hopkins e deixou-o com o homem.

— Posso acertar ou errar, mas precisamos fazer algo por nosso amigo Hopkins, para justificar esta segunda visita — ele disse. — Não vou contar-lhe tudo o que sei, ainda. Acho que nosso próximo local de operação deve ser o escritório naval da linha Adelaide-Southampton, que fica no final de Pall Mall, se bem me lembro. Há uma segunda linha de vapores que liga o sul da Austrália à Inglaterra, mas vamos investigar primeiro a linha principal.

Quando o gerente viu o cartão de visitas de Holmes, conquistamos atenção imediata, e ele não demorou a conseguir todas as informações de que precisava. Em junho de 1895, apenas um de seus navios chegou a um porto na Inglaterra. Foi o *Rock of Gibraltar,* que é o melhor e maior barco da linha. Consultando a lista de passageiros, vimos que a Srta. Mary Fraser, de Adelaide, juntamente com a criada, estavam a bordo. O navio, naquele momento, voltava para a Austrália, estando em algum lugar ao sul do canal de Suez. Os oficiais da tripulação eram os mesmos de 1895, com uma exceção. O primeiro oficial, Jack Crocker, fora promovido a capitão e estava para receber o comando do novo barco, o *Bass Rock,* programado para zarpar de Southampton em dois dias. Ele morava em Sydenham, mas viria naquela manhã para receber suas ordens. Poderíamos vê-lo se quiséssemos esperar.

Mas não, o Sr. Holmes não queria vê-lo, embora desejasse saber um pouco mais sobre sua vida profissional e seu caráter.

Sua ficha era magnífica. Não havia outro oficial na frota que se comparasse a ele. Quanto ao caráter, era confiável quando em serviço, extremamente ativo quando no convés de seu navio, cabeça quente, agitado, honesto, leal e generoso. Foram essas as informações mais importantes conseguidas na empresa Adelaide-Southampton. De lá fomos para a Scotland Yard, mas, em vez de entrar, Holmes permaneceu sentado na carruagem, com as sobrancelhas franzidas, pensando profundamente no que fazer. Afinal, decidiu ir para o posto telegráfico de Charing Cross, enviou uma mensagem, e voltamos para nosso apartamento na Rua Baker.

– Não pude fazê-lo, Watson – ele disse, quando entramos na sala. – Uma vez expedido o mandado de prisão, nada poderia salvá-lo. Acredito que uma ou duas vezes em minha carreira fiz mais estragos descobrindo o criminoso do que ele próprio fizera com seu crime. Aprendi a ter cuidado, e prefiro enganar a justiça da Inglaterra do que a minha consciência. Vamos saber melhor o que aconteceu antes de agirmos.

Antes de anoitecer recebemos uma visita do Inspetor Stanley Hopkins. As coisas não iam bem para ele.

– Acredito que é um mago, Sr. Holmes – ele disse. – Às vezes penso, realmente, que tem poderes sobrenaturais. Agora diga-me, como sabia que a prataria roubada estava no fundo daquele lago?

– Eu não sabia.

– Mas me mandou examiná-lo.

– Então encontrou?

– Sim, encontrei.

– Fico feliz, se isso o ajudou.

– Não me ajudou! O senhor complicou tudo. Que tipo de ladrão rouba e depois joga o produto do roubo no lago mais próximo?

– Certamente é um comportamento excêntrico, esse. Somente me ocorreu que se a prataria tivesse sido levada por pessoas que não a quisessem, que simplesmente a estivessem levando como um subterfúgio, procurariam se livrar dela o mais rápido possível.

— Mas por que pensou nisso?
— Bem, pensei que era possível. Quando eles saíram por aquela janela francesa, lá estava o lago, com um buraco tentador no gelo, bem na frente deles. Haveria esconderijo melhor?
— Ah, um esconderijo, assim é melhor! – exclamou Stanley Hopkins.
— Sim, sim, agora eu entendo! Era cedo, havia pessoas na estrada e eles estavam com medo de serem apanhados com a prataria. Então jogaram-na no lago, pretendendo voltar para pegá-la quando a situação se acalmasse. Excelente, Sr. Holmes. Isso é melhor que sua ideia de subterfúgio.
— É mesmo. Você tem uma teoria muito boa. Sei que minhas ideias são estranhas, mas você tem de admitir que elas fizeram com que descobrisse a prataria.
— Claro que sim, claro! Foi graças ao senhor. Mas tive um contratempo e tanto.
— Um contratempo?
— Sim, senhor. A quadrilha Randall foi presa esta manhã em Nova York.
— Ora, Hopkins. Isso dificulta sua teoria de que eles cometeram um homicídio em Kent na noite passada.
— Acaba com minha teoria, Sr. Holmes, acaba com ela. Mas existem outras quadrilhas com três homens além dos Randalls. Pode até mesmo ser uma turma nova, que a polícia ainda não conhece.
— É verdade, é perfeitamente possível. Como, já está indo?
— Sim, Sr. Holmes. Não vou descansar enquanto não chegar ao fim dessa história. Suponho que não tenha nenhuma dica para mim.
— Já lhe dei uma.
— Qual?
— Bem, sugeri um subterfúgio.
— Mas por quê, Sr. Holmes, por quê?
— Ah, essa é a dúvida, é claro. Mas recomendo que pense nisso. Talvez descubra algo. Não vai ficar para o jantar? Bem, então até logo e mantenha-nos informados.

Holmes só aludiu novamente ao caso depois do jantar. Ele acendeu o cachimbo e esticou os pés, dentro de confortáveis chinelos, para o aconchego do calor da lareira. De repente, consultou o relógio.
— Espero novidades, Watson.
— Quando?
— Agora... dentro de alguns minutos. Imagino que você pense que agi mal com Stanley Hopkins.
— Confio em você.
— Resposta sensata, Watson. Você precisa entender o seguinte: o que eu sei não é oficial, o que ele sabe é. Assim, tenho direito de agir

como manda minha consciência, Hopkins não. Ele *tem* de revelar tudo, ou estaria traindo o que faz. Num caso duvidoso como este, prefiro não colocá-lo numa situação difícil, portanto vou guardar as informações até que me decida.

– E quando será isso?

– Agora. Você vai presenciar a última cena deste drama sensacional.

Ouvimos barulho nas escadas e nossa porta foi aberta para dar passagem a um homem impressionante. Era um jovem muito alto, com bigode dourado, olhos azuis e a pele bronzeada por sóis tropicais; seu passo era leve, mostrando que aquele corpanzil era ágil além de forte. Fechou a porta atrás de si e parou, com as mãos crispadas e o peito arfante, engasgado com alguma emoção arrebatadora.

– Sente-se, Capitão Croker. Recebeu meu telegrama?

Nosso visitante sentou-se numa poltrona e fitou-nos com olhar de dúvida.

– Recebi seu telegrama e cheguei na hora em que marcou. Soube que o senhor esteve no escritório da companhia. Não há como me livrar do senhor. Estou preparado para o pior. O que vai fazer comigo? Vai me prender? Fale, homem! Não pode ficar sentado aí brincando de gato e rato comigo!

– Dê um charuto para ele, Watson – disse Holmes. – Acenda-o, Capitão Croker, e não deixe que seus nervos o dominem. Eu não estaria aqui conversando, se pensasse que é um criminoso comum, pode estar certo disso. Seja sincero comigo e poderemos nos ajudar. Tente me enganar e eu acabo com você.

– O que quer que eu faça?

– Quero que me conte tudo o que aconteceu em Abbey Grange na noite passada. A *verdade,* sem tirar nem pôr. Eu já sei tanto que se você se desviar um centímetro da verdade eu chamo a polícia e lavo as mãos.

O marinheiro parou para pensar. Depois bateu na perna com a mãozona.

– Vou arriscar – decidiu. – Acredito que é um homem de palavra e vou lhe contar tudo. Mas vou lhe dizer uma coisa, primeiro. Não me arrependo de nada e não temo nada. Faria tudo de novo e teria orgulho do que fiz. Maldito seja aquele demônio, se ele tivesse tantas vidas quanto um gato, eu acabaria com todas! Mas é nela que penso... Mary, Mary Fraser, pois nunca vou chamá-la pelo nome daquele infeliz! Quando penso que ela pode se encrencar por minha causa, eu que daria a vida só para fazê-la sorrir, isso, sim, me preocupa. De qualquer forma, o que mais posso fazer? Vou contar minha história, senhores, e depois me digam se eu poderia ter agido de outra forma.

"Preciso voltar um pouco no tempo. Parece que os senhores já sabem de tudo, então imagino que saibam que a conheci quando ela era passageira e eu primeiro oficial do *Rock of Gibraltar*. Desde o primeiro dia em que a conheci soube que era a mulher da minha vida. A cada dia daquela viagem eu a amava mais, e muitas vezes me ajoelhei na escuridão da noite e beijei o convés onde seus queridos pés pisaram. Mas ela não sentia o mesmo. Ela me tratou da melhor forma possível, não posso reclamar. Era amor da minha parte e amizade da dela. Quando nos despedimos, ela estava com o coração livre, mas eu nunca mais me libertaria de Mary Fraser.

"Da outra vez que voltei do mar soube que ela se casara. Bem, por que Mary não poderia se casar com quem quisesse? Título e dinheiro, quem merecia mais que ela, que nascera para tudo o que fosse elegante e belo? Não chorei seu casamento. Não sou um cachorro egoísta desse tipo! Fiquei feliz que ela tivesse essa sorte e que não desperdiçou a vida se amarrando num marinheiro sem tostão furado. Esse era o tamanho do meu amor por Mary Fraser.

"Bem, pensei que nunca mais a veria, mas fui promovido na última viagem e o novo barco ainda não estava pronto, de modo que fui passar alguns dias com minha família em Sydenham. Um dia, numa estradinha, encontrei Theresa Wright, a criada. Ela me contou tudo sobre Mary e seu marido; cada detalhe. Aquilo quase me deixou maluco. Aquele cachorro bêbado, como ousava levantar sua mão para ela, cujos sapatos ele não merecia lamber?! Encontrei Theresa novamente. Então, encontrei a própria Mary, e depois encontrei-a mais uma vez. Ela me disse que não poderíamos mais nos ver. Mas, quando recebi uma mensagem informando que minha viagem começaria dentro de uma semana, decidi vê-la antes de partir. Theresa sempre foi minha amiga, pois ela gostava de Mary e odiava aquele vilão quase tanto quanto eu. Ela me contou sobre a casa. Mary costumava ficar lendo na sua saleta, no térreo. Eu fui até lá, na noite passada, e bati na janela. A princípio ela não queria abrir, mas eu sei que agora Mary me ama e não conseguiria me deixar congelando lá fora. Ela sussurrou para eu dar a volta até aquela grande janela na frente da casa. Quando cheguei, já estava aberta e entrei na sala de jantar. Novamente, fiquei sabendo, de sua própria boca, de coisas que me fizeram o sangue ferver, e de novo amaldiçoei aquele brutamontes que maltratava a mulher que eu amo. Bem, cavalheiros, eu estava parado junto à janela, com Mary, inocentemente, e Deus é minha testemunha, quando ele entrou feito um louco na sala, chamando-a do pior nome que um homem pode chamar uma mulher, e bateu em seu rosto com uma bengala. Eu peguei o atiçador e foi uma luta justa entre nós. Vejam, no meu braço, onde caiu o primeiro golpe dele! Depois foi a minha vez, e arrebentei a cabeça do vilão como se fosse uma abóbora podre. Acham que me arrependo? Eu não! Era a vida dele ou a minha, mas, além disso, era a vida dele ou a de Mary. Como poderia eu deixá-la sob o poder daquele louco? Foi assim que o matei. Eu estava errado? Ora, o que os cavalheiros teriam feito na minha situação?

"Quando ele bateu nela, Mary gritou, o que atraiu Theresa. Havia uma garrafa de vinho sobre o bufê, que eu abri e fiz Mary tomar um pouco, pois ela estava em choque. Eu também tomei um gole. Theresa estava tranquila e ajudou-me a inventar a história. Precisávamos dar a impressão de que aquilo tinha sido feito por ladrões. Theresa ficou repetindo a história para sua patroa, enquanto eu cortava o cordão da campainha. Então, amarrei-a à cadeira e desfiei a ponta do cordão, de modo a parecer um desgaste natural, para que a polícia não se perguntasse por que um ladrão subiria lá para cortá-lo. Depois, peguei algumas peças de prata, para fazer parecer roubo, e fugi dizendo a elas para darem o alarme dali a quinze minutos. Joguei a prataria no lago e fui para Sydenham, sentindo que, pelo menos uma vez na vida, eu fizera um bom trabalho. Essa é toda a verdade, Sr. Holmes, ainda que me custe o pescoço."

Holmes fumou em silêncio durante algum tempo. Então atravessou a sala e apertou a mão do nosso visitante.

– Era o que eu pensava – disse. – Sei que cada palavra é verdadeira, pois eu já sabia quase tudo o que contou. Ninguém, a não ser um acrobata ou um marinheiro, poderia ter alcançado aquele cordão, e ninguém, a não ser um marinheiro, saberia dar os nós que a prenderam na cadeira. Aquela senhora só esteve uma vez em contato com marinheiros, e foi na viagem para a Inglaterra. Era alguém que ela tentava proteger, mostrando assim que o amava. Pode perceber como foi fácil, para mim, chegar até você depois que encontrei a pista certa.

– Pensei que a polícia nunca descobriria.

– E não descobriu, nem descobrirá, pelo que acredito. Agora ouça com atenção, Capitão Croker, pois o assunto é sério. Estou disposto a admitir que o senhor agiu sob a mais extrema provocação a que um homem poderia estar sujeito. Creio que sua ação será considerada legítima, por ter defendido sua própria vida. Contudo, isso terá de ser decidido por um júri britânico. Mas tenho tanta simpatia pelo senhor que, se quiser desaparecer nas próximas vinte e quatro horas, prometo-lhe que ninguém vai segui-lo.

– E então revelará tudo?

– Claro que sim.

O capitão ficou vermelho de raiva.

– Que tipo de proposta é essa? Conheço o suficiente da lei para saber que Mary será presa como cúmplice. Acha que vou deixá-la sozinha para encarar essa encrenca? Não, senhor, que o pior recaia sobre mim mas, pelo amor de Deus, Sr. Holmes, descubra um jeito de deixar minha Mary fora dos tribunais.

Pela segunda vez, Holmes estendeu a mão para nosso visitante.

– Eu só o estava testando, e me pareceu sincero mais uma vez. Bem, estou assumindo uma grande responsabilidade, mas dei uma excelente dica ao Inspetor Hopkins. Se ele não souber o que fazer com ela, não o ajudarei mais. Espere um pouco, Capitão Croker, vamos fazer isto na forma da lei. O senhor é o prisioneiro. Watson, você é o júri. Nunca conheci homem mais capaz para representar um. E eu sou o juiz. Agora, senhores do júri, ouviram os testemunhos. O prisioneiro é culpado ou inocente?

– Inocente, meritíssimo – eu disse.

– *Vox populi, vox Dei.* Está absolvido, Capitão Croker. Enquanto a lei não arrumar um culpado para esse crime, o senhor estará a salvo. Venha buscar sua mulher dentro de um ano, e que o futuro dos dois justifique a sentença que pronunciamos esta noite.

A Segunda Mancha

Eu pretendia que o mistério de Abbey Grange fosse a última aventura de meu amigo Sherlock Holmes que eu apresentaria ao público. Essa resolução não era devida à falta de material, já que tenho anotações de centenas de casos que nunca mencionei. Também não foi por falta de interesse dos meus leitores na personalidade singular e nos métodos excepcionais daquele homem extraordinário. A razão verdadeira é a relutância que Holmes sempre demonstrou quanto à publicação de suas experiências. Enquanto ele estava na ativa, as narrativas sobre seus sucessos até que o ajudavam. Mas, desde que saiu de Londres e se retirou para estudar e criar abelhas em Sussex, ele tem detestado a fama e exigiu que eu atendesse estritamente a sua vontade. Foi somente prometendo-lhe que "A Segunda Mancha" só seria publicada quando a hora apropriada chegasse, e fazendo-o ver que sua longa série de aventuras deveria culminar com o caso internacional mais importante que ele fora chamado a elucidar, que consegui obter seu consentimento para expor ao público um relato sobre esse incidente cuidadosamente guardado até agora. Se, durante a história, eu parecer um pouco vago em certos detalhes, o público entenderá que há uma razão excelente para a minha reticência.

Foi num ano, e mesmo numa década, que não devemos determinar, que numa manhã de terça-feira de outono dois visitantes mundialmente famosos vieram ao nosso humilde apartamento na Rua Baker. Um deles, austero, nariz empinado, olhos de águia e dominador, era ninguém menos que o ilustre Lorde Bellinger, duas vezes primeiro-ministro da Grã-Bretanha. O outro, moreno e elegante, ainda jovem e belo de corpo e mente, era o honorável Trelawney Hope, secretário das Relações Europeias e maior político em ascensão do nosso país. Sentaram-se lado a lado em nosso divã recoberto de papéis, e foi fácil perceber, em seus rostos abatidos e ansiosos, que tinham problemas importantíssimos. As mãos magras, com as veias azuis saltadas, do primeiro-ministro apertavam-se firmemente no cabo de marfim de seu guarda-chuva. Seu rosto magro e mortificado olhava tristemente para Holmes e para mim. O secretário puxava nervosamente seu bigode e remexia na corrente do relógio.

– Quando percebi minha perda, Sr. Holmes, às oito horas desta manhã, informei imediatamente o primeiro-ministro. Foi sugestão dele que viéssemos procurá-lo.

– Chamaram a polícia?

– Não, senhor – disse o primeiro-ministro, com a atitude decidida e rápida pela qual era famoso. – Não o fizemos nem é possível que o façamos. Informar a polícia significa, a longo prazo, informar o público. É exatamente isso que desejamos evitar.

– E por quê?

– Porque o documento em questão é tão imensamente importante que sua divulgação poderia facilmente, diria até provavelmente, levar a terríveis complicações internacionais. Não é exagero dizer que esse assunto pode resultar em paz ou em guerra. A menos que ele possa ser recuperado em total segredo, não precisa ser recuperado, pois o objetivo daqueles que o pegaram é divulgar seu conteúdo.

– Compreendo – disse Holmes. – Agora, Sr. Trelawney Hope, gostaria que me contasse exatamente as circunstâncias do desaparecimento desse documento.

– Isso pode ser feito em poucas palavras, Sr. Holmes. A carta, pois era a carta de um soberano estrangeiro, chegou há seis dias. Era tão importante que nem sequer a deixei no cofre. Eu a levava todas as noites comigo para a minha casa em Whitehall Terrace, onde a guardava no meu quarto, em uma caixa-arquivo trancada. Estava lá ontem à noite. Tenho certeza disso. Abri a caixa enquanto me vestia para o jantar, e o documento continuava lá. Esta manhã ele havia desaparecido. A caixa-arquivo ficou sobre a penteadeira durante toda a noite. Tenho o sono leve, assim como minha mulher. Nós dois podemos jurar que ninguém entrou no quarto durante a noite. Mesmo assim, o documento sumiu.

– A que horas vocês jantam?

– Sete e meia.

– A que horas foram dormir?

– Minha mulher foi ao teatro. Eu fiquei esperando por ela. Eram onze e meia quando fomos para o quarto.

– Então a caixa-arquivo ficou desprotegida durante quatro horas?

– Ninguém tem permissão para entrar em nosso quarto, a não ser a arrumadeira, pela manhã, e nossos criados pessoais no restante do dia. Os dois são empregados de confiança, que já estão conosco há algum tempo. Além disso, nenhum deles poderia saber que lá havia

um documento mais importante do que os papéis comuns que normalmente guardo na caixa-arquivo.
— Quem sabia da existência da carta?
— Ninguém da casa.
— Sua mulher sabia?
— Não, senhor, nada disse a ela até dar pela falta do documento esta manhã.
O primeiro-ministro aprovou com a cabeça.
— Sempre soube, secretário, de sua grande noção de dever cívico — ele disse. — Acredito que, no caso de um segredo dessa importância, ele paira acima dos mais íntimos laços familiares.
O secretário inclinou a cabeça.
— O senhor me faz justiça — disse ele. — Até esta manhã não contei sequer uma palavra do assunto à minha mulher.
— Ela poderia ter adivinhado?
— Não, Sr. Holmes, nem ela nem ninguém.
— Já perdeu algum documento antes?
— Não, senhor.
— Quem, na Inglaterra, sabia da existência dessa carta?
— Todos os secretários de Estado foram informados ontem, mas a promessa de sigilo que precede todas as reuniões do gabinete foi reforçada pelo aviso solene dado pelo primeiro-ministro. Bom Deus, e pensar que em algumas horas eu o perderia!

Seu rosto benfeito contorceu-se num espasmo de desespero e suas mãos agarraram o cabelo. Por um instante pudemos ver o homem comum, impulsivo, preocupado e sensível. Mas logo a máscara aristocrática foi recolocada, e a voz controlada retornou.

— Além dos secretários de Estado, dois ou três funcionários sabiam da carta. Ninguém mais na Inglaterra, posso lhe garantir, Sr. Holmes.
— E no estrangeiro?
— Acredito que ninguém a viu, a não ser o homem que a escreveu. Acredito que nem seus ministros... os canais convencionais não foram usados.

Holmes refletiu um instante.
— Agora, meu senhor, preciso lhe pedir mais detalhes sobre esse documento. Do que trata e por que seu desaparecimento pode ter consequências tão grandes?

Os dois estadistas entreolharam-se rapidamente, e o primeiro--ministro franziu as sobrancelhas.
— Sr. Holmes, o envelope é azul-claro, comprido e fino. Tem um lacre de cera vermelha com o carimbo de um leão sentado. Está sobrescrito em letras grandes...

— Receio, senhor — interrompeu Holmes —, que embora esses detalhes sejam interessantes e até essenciais, minha investigação precisa ir à raiz do problema. Sobre o que era essa carta?

— Ela trata de um segredo de Estado tremendamente importante, e receio que não posso lhe contar nem julgo necessário. Se, com o auxílio da capacidade que o tornou famoso, puder encontrar o envelope que descrevo, estará servindo bem ao seu país e fazendo jus a qualquer recompensa que possamos lhe oferecer.

Sherlock Holmes levantou-se sorrindo.

— Os senhores são dois dos homens mais ocupados do país — ele disse. — Eu também, de forma mais humilde, tenho alguns assuntos para tratar. Lamento muito não poder ajudá-los nesse caso, mas a continuação desta reunião seria uma perda de tempo.

O primeiro-ministro pôs-se de pé chispando fogo pelos olhos, da mesma forma como amedrontava todo o Gabinete.

— Não estou acostumado, meu senhor... — ele começou, mas controlou sua fúria e voltou a se sentar. Ficamos todos em silêncio por um minuto. Então o velho estadista deu de ombros.

— Temos de aceitar seus termos, Sr. Holmes. O senhor está certo, e não é razoável que queiramos que trabalhe a menos que lhe tenhamos total confiança.

— Concordo com o senhor — disse o secretário.

— Então vou confiar totalmente na honra do senhor e de seu colega, o Dr. Watson. Também apelo ao seu patriotismo, pois não consigo imaginar uma desgraça maior para o país do que esse assunto se tornar público.

— Pode confiar em nós.

— Bem, a carta é de um soberano estrangeiro que se irritou com certos acontecimentos nas nossas colônias. A carta foi escrita às pressas e sob sua única responsabilidade. Soubemos que nem os ministros dele sabem do assunto. Por outro lado, o documento está redigido tão irresponsavelmente, com frases de caráter tão provocativo, que sua publicação sem dúvida causaria uma perigosa alteração nos ânimos de nosso país. Haveria tal fermentação que não hesito em afirmar que, em menos de uma semana da divulgação da carta, estaríamos envolvidos numa guerra monumental.

Holmes escreveu um nome numa folha de papel e o entregou ao primeiro-ministro.

— Exatamente. É ele. E é esta carta — perdida de forma incompreensível — que pode nos custar milhões de libras esterlinas e centenas de milhares de vidas.

— Já informou o remetente?

— Sim, senhor, enviamos um telegrama cifrado.

— Talvez ele queira que a carta seja divulgada.
— Não, senhor, temos fortes razões para acreditar que ele agiu sem pensar, de cabeça quente. O golpe será maior para ele e seu país do que para nós, se a carta for divulgada.
— Se é assim, quem estaria interessado nisso? Por que alguém desejaria roubá-la ou publicá-la?
— Aí, Sr. Holmes, estaríamos entrando em complicadíssima política internacional. Mas, se considerar a situação europeia, não terá dificuldade em perceber o motivo. Toda a Europa é um campo minado. As alianças equilibram a balança do poder militar, e a Grã-Bretanha é o fiel dessa balança. Se formos levados a uma guerra contra um grupo, o outro assume a supremacia mesmo que não entre na guerra. O senhor compreende?
— Claramente. Então é do interesse dos inimigos desse chefe de Estado conseguirem a carta e publicá-la, para jogá-lo contra a Inglaterra?
— Sim, senhor.
— E para quem esse documento seria enviado se caísse nas mãos de um inimigo?
— Para qualquer um dos Ministérios das Relações Exteriores das grandes potências europeias. Provavelmente a carta está, neste momento, a caminho de um deles.

O Sr. Trelawney Hope deixou cair a cabeça e gemeu alto. O primeiro-ministro colocou a mão sobre seu ombro.

— Foi uma infelicidade, meu caro amigo. Ninguém pode culpá-lo, pois não cometeu nenhuma negligência. Agora, Sr. Holmes, que tem o conhecimento pleno dos fatos, o que recomenda?

Holmes balançou a cabeça, pesaroso.

— O senhor acha que haverá guerra se esse documento não for recuperado?
— Acho que é bastante provável.
— Então, senhor, prepare-se para a guerra.
— É uma coisa dura de se dizer, Sr. Holmes.
— Considere os fatos. É inconcebível que o documento tenha sido pego após as onze e meia da noite, já que o Sr. Hope e sua mulher estavam no quarto daquele momento até que a perda foi descoberta. Ele foi retirado, portanto, entre sete e meia e onze horas, provavelmente o mais cedo possível, pois quem o pegou evidentemente sabia que estava lá e queria garantir sua posse o mais cedo possível. Agora, meu senhor, se documento tão importante foi pego a essa hora, onde deve estar agora? Ninguém teria motivos para ficar com ele, que deve ter sido passado rapidamente para aqueles que fariam uso dessa carta. Que chance temos agora de recuperá-la ou mesmo descobrir para onde foi? Já está fora do nosso alcance.

O primeiro-ministro levantou-se do sofá.

– O que diz é perfeitamente lógico, Sr. Holmes. Creio que o assunto já não está em nossas mãos.

– Vamos supor que o documento foi pego por um dos criados...

– São empregados antigos e de confiança.

– Pelo que entendi, seu quarto fica no segundo andar, não há como entrar diretamente por fora e ninguém entraria na casa sem ser visto. Deve ter sido, portanto, alguém da casa. Para quem o ladrão entregaria essa carta? Para um dos espiões ou agentes secretos cujos nomes não me são estranhos. Existem três que são os melhores de sua profissão. Vou começar minha investigação procurando saber se todos estão em seus postos. Se um deles desapareceu, especialmente na noite passada, vamos ter algum indício do destino da carta.

– Por que ele teria sumido? – perguntou o secretário. – Ele poderia simplesmente levar a carta para alguma embaixada em Londres.

– Creio que não. Esses agentes são independentes, e suas relações com as embaixadas não são muito boas.

O primeiro-ministro concordou.

– Acho que tem razão, Sr. Holmes. Um agente levaria troféu tão valioso ao quartel-general com suas próprias mãos. Creio que sua linha de ação é excelente. Enquanto isso, Hope, não podemos negligenciar todos os nossos outros deveres por conta dessa infelicidade. Se tivermos alguma novidade durante o dia vamos comunicá-la ao senhor que, sem dúvida, nos manterá informados sobre os resultados de sua investigação.

Os dois estadistas se curvaram e saíram da sala.

Depois que nossos visitantes saíram, Holmes acendeu seu cachimbo em silêncio e ficou algum tempo perdido nos pensamentos mais profundos. Eu abrira o jornal matutino e estava lendo atentamente a matéria sobre um crime sensacional que ocorrera na noite anterior em Londres, quando meu amigo soltou uma exclamação, pôs-se de pé e deixou o cachimbo sobre o console da lareira.

– Realmente – ele disse –, não há forma melhor de começar. A situação é desesperadora, mas não sem esperanças. Mesmo agora, se conseguirmos saber quem pegou a carta, pode ser que ele não a tenha passado adiante. Afinal, esses sujeitos querem mesmo é saber de dinheiro, e eu tenho o Tesouro Britânico me bancando. Se estiverem leiloando o documento, eu vou comprá-lo, mesmo que isso signifique mais alguns trocados no meu imposto de renda. É possível que esse espião segure seu trunfo por mais algum tempo para ver as ofertas que obtém deste lado, antes de tentar sua sorte com os outros. Só existem três agentes capazes de atuar nesse jogo tão ousado: Oberstein, La Rothiere e Eduardo Lucas. Vou procurá-los.

Dei uma olhada no jornal.
— Eduardo Lucas, da Rua Godolphin?
— Esse mesmo.
— Você não vai poder falar com ele.
— Por que não?
— Ele foi assassinado em sua própria casa, na noite passada.

Sherlock Holmes me deixara tantas vezes espantado no curso de nossas aventuras que tive certo prazer ao perceber o quanto eu o espantara. Ele ficou olhando, pasmo, e depois arrancou o jornal das minhas mãos. Eis o parágrafo que eu estava lendo quando Holmes se levantou:

ASSASSINATO EM WESTMINSTER

"Um crime misterioso foi cometido ontem à noite no número 16 da Rua Godolphin, uma das casas antigas, feitas no século XVIII, que se situam entre o rio e a abadia, quase à sombra da grande torre do Parlamento. O Sr. Eduardo Lucas morava havia alguns anos naquela mansão pequena, mas refinada. O Sr. Lucas era bem conhecido na sociedade, tanto por causa de sua personalidade encantadora como pela merecida reputação de ser um dos melhores tenores amadores do país. Ele era solteiro, tinha trinta e quatro anos e em sua casa moravam a Sra. Pringle, governanta idosa, e Mitton, seu criado pessoal. Ela normalmente se deita cedo e dorme no andar de cima. O criado saiu durante a noite para visitar um amigo em Hammersmith. O Sr. Lucas ficou sozinho das dez horas em diante. Ainda não se sabe o que aconteceu durante esse período, mas às quinze para a meia-noite o policial Barret, ao passar pela Rua Godolphin, reparou que a porta do número 16 estava entreaberta. Ele bateu, mas não obteve resposta. Percebendo que havia luz na sala da frente, adiantou-se até a soleira da porta e bateu novamente, mas ainda sem resposta. Então Barret empurrou a porta e entrou na casa. A sala estava toda revirada, com a mobília empurrada para um lado e uma cadeira virada no centro. Ao lado dessa cadeira, e ainda agarrando uma das pernas, estava o infeliz morador da casa. Havia levado uma facada no coração e deve ter morrido instantaneamente. A faca usada no crime foi uma adaga curva indiana, retirada de uma coleção de armas orientais que enfeitava uma das paredes. Parece que roubo não foi o motivo do crime, já que os objetos valiosos presentes no aposento foram deixados. O Sr. Eduardo Lucas era tão conhecido e querido que sua morte violenta e misteriosa provocará comoção e compaixão em seu largo círculo de amigos."

— Bem, Watson, o que lhe parece? — perguntou Holmes depois de uma longa pausa.

— Parece uma estupenda coincidência.

— Uma coincidência? Ele é um dos três homens capazes de ter atuado nesse caso da carta e morre violentamente algumas horas depois que o nosso drama começou a ser encenado. As chances são enormes de sua morte não ser uma coincidência. Não, meu caro Watson, os dois eventos estão relacionados – *têm* de estar! Cabe a nós descobrir a relação.

— Mas agora a polícia já deve saber de tudo.

— Claro que não. Eles só sabem o que viram na Rua Godolphin. Eles nada sabem, e têm de continuar assim, sobre o que aconteceu em Whitehall Terrace. Só nós sabemos dos dois acontecimentos e só nós podemos relacioná-los. Existe um ponto óbvio que me teria feito suspeitar de Lucas. A Rua Godolphin fica a poucos minutos de Whitehall Terrace. Os outros agentes secretos que mencionei moram no fim da zona oeste. Portanto, seria mais fácil para Lucas estabelecer uma conexão ou receber uma mensagem de um dos criados do secretário. Era uma vantagem pequena, mas quando vários acontecimentos estão concentrados em poucas horas, pode ser essencial. Opa! O que temos aqui?

A Sra. Hudson trouxera na salva o cartão de visitas de uma senhora. Holmes olhou para ele, arqueou as sobrancelhas e entregou-o para mim.

— Peça à *Lady* Trelawney Hope para ter a bondade de subir – ele disse.

Logo depois, nosso modesto apartamento, já tão agraciado naquela manhã, foi ainda mais honrado pela entrada da mulher mais encantadora de Londres. Eu já ouvira falar da beleza da filha mais nova do Duque de Belminster, mas nenhuma descrição ou fotografia cinzenta havia me preparado para o charme sutil e delicado daquelas feições maravilhosas. Ainda assim, o que nela mais impressionava, naquela manhã de outono, não era a beleza. As faces eram encantadoras, mas estavam pálidas de emoção; os olhos brilhavam, mas era de febre; a boca sensível estava crispada num esforço de autocontrole. Medo – e não beleza – foi o que nos saltou aos olhos, quando nossa bela visitante parou à porta.

— Meu marido esteve aqui, Sr. Holmes?

— Esteve, minha senhora.

— Sr. Holmes, imploro-lhe que não conte a ele que estive aqui.

Holmes curvou-se friamente e apontou uma cadeira.

— A senhora está me colocando numa situação muito delicada. Peço-lhe que se sente e conte-me o que deseja, mas receio que não possa fazer promessas incondicionais.

Ela atravessou a sala e sentou-se com as costas para a janela. Parecia uma rainha: alta, graciosa e intensamente feminina.

— Sr. Holmes – ela disse, abrindo e fechando as mãos enluvadas –, vou lhe falar francamente, na esperança de que também seja franco comigo.

Eu e meu marido contamos tudo um ao outro, a não ser o que se refere a um assunto: política. Sobre isso seus lábios estão sempre selados. Nada me conta. Fiquei sabendo que um incidente deplorável aconteceu em nossa casa na noite passada. Sei que um documento desapareceu. Mas, como o assunto é político, meu marido se recusa a me contar o que está acontecendo. Contudo, é essencial, e essencial, eu disse, que eu conheça plenamente os fatos. O senhor é a única pessoa, fora os políticos, que sabe a verdade. Peço-lhe, então, Sr. Holmes, que me conte exatamente o que aconteceu e quais serão as consequências. Conte-me tudo, Sr. Holmes. Não permita que sua preocupação para com o interesse de seu cliente o obrigue a ficar calado, pois garanto-lhe que seus interesses, se ele apenas soubesse, seriam mais bem atendidos se confiasse totalmente em mim. Que documento é esse que foi roubado?

– Madame, o que está me pedindo é realmente impossível.

Ela gemeu e escondeu o rosto com as mãos.

– A senhora precisa compreender. Se o seu marido acha melhor que a senhora não seja informada, não serei eu, que conheço os fatos, mas estou obrigado por um juramento de sigilo profissional, que irei lhe contar. Não é justo me pedir isso. É a ele que deve perguntar.

– Já perguntei. Vim vê-lo como último recurso. Mas ainda que não me diga nada de definitivo, Sr. Holmes, pode me fazer um grande favor se esclarecer apenas um ponto.

– E qual é?

– A carreira política do meu marido pode ser abalada por esse episódio?

– Bem, minha senhora, a menos que possamos consertar o estrago, os efeitos podem ser desastrosos.

– Ah! – ela suspirou profundamente, mostrando que sua dúvida fora esclarecida. – Mais uma pergunta, Sr. Holmes. Ao receber o primeiro choque, meu marido soltou uma expressão que me fez entender que a perda desse documento pode ter consequências públicas terríveis.

– Se ele disse, não vou ser eu a negar.

– De que natureza seriam?

– Sinto, madame, outra vez pergunta mais do que posso responder.

– Então não vou mais incomodá-lo. Não posso acusá-lo, Sr. Holmes, de ter se recusado a falar mais abertamente. Espero que, da sua parte, não me julgue mal porque desejo compartilhar e compreender as angústias de meu marido, ainda que contra sua vontade. Mais uma vez peço-lhe para não comentar minha visita.

Quando chegou à porta ela se virou para nos olhar, e vi mais uma vez aquele rosto lindo, com os olhos assustados e a boca crispada. Depois ela se foi.

— Agora, Watson, o belo sexo é seu departamento — disse Holmes sorrindo, depois que o barulho das saias terminou com a batida da porta da frente. — O que desejava essa senhora? O que realmente queria?

— Creio que ela foi bem clara e acho sua ansiedade natural.

— Hum! Pense na aparência dela, Watson; seus modos, a agitação reprimida, a insistência nas perguntas. Lembre-se de que as pessoas dessa classe social não mostram facilmente suas emoções.

— Com certeza ela estava muito perturbada.

— Lembre-se de como ela foi positiva ao nos garantir que seria melhor para seu marido que ela soubesse de tudo. O que quis dizer com isso? Talvez você tenha observado, Watson, como ela fez questão de ficar com a luz por trás. Fez isso para que não pudéssemos ver sua expressão.

— É mesmo. Ela escolheu com cuidado onde se sentar.

— E, ainda assim, os motivos das mulheres são inescrutáveis. Lembra-se da mulher em Margate de quem suspeitei pelo mesmo motivo? Não tinha pó no nariz, e essa acabou sendo a solução correta. Como se pode construir teorias nesse tipo de areia movediça? As atitudes mais triviais das mulheres podem significar muito, enquanto suas condutas mais extraordinárias podem ser por causa de uma presilha de cabelo ou coisa assim. Tenha um bom dia, Watson.

— Está saindo?

— Estou. Vou passar o resto da manhã na Rua Godolphin, com nossos amigos da polícia. A solução de nosso problema está com Eduardo Lucas, embora eu tenha de admitir que não faço a menor ideia do rumo que tomarão os fatos. É um erro capital formular teorias antes de conhecer os fatos. Fique de guarda, meu bom Watson, e receba os eventuais visitantes. Virei almoçar com você, se puder.

Durante o dia seguinte, e o próximo e o outro também, Holmes esteve taciturno, diriam alguns de seus amigos, ou de mau humor, diriam outros. Entrava e saía correndo, fumava sem parar, tocava alguns acordes em seu violino, perdia-se em devaneios, devorava sanduíches em horários irregulares e dificilmente respondia alguma pergunta trivial que eu lhe fazia. Era evidente, para mim, que as coisas não iam bem em sua missão. Ele nada dizia sobre o caso, e eu ficava sabendo dos detalhes da investigação pelos jornais. Foi assim que soube da prisão e depois liberação de John Mitton, criado do falecido. O inquérito concluiu, obviamente, que houve "homicídio doloso", sem, contudo, identificar motivo ou autor. A sala da vítima estava repleta de objetos de valor, mas nenhum fora levado. Os documentos do morto não foram mexidos. A polícia investigou-os cuidadosamente, chegando à conclusão de que

Lucas era um estudioso de política internacional, fofoqueiro incorrigível, linguista notável e missivista incansável. Parecia ter sido íntimo de vários políticos de diversos países. Mas nada de extraordinário foi descoberto nos documentos que enchiam várias gavetas. Quanto a suas relações com mulheres, parece que teve várias, mas superficiais. Tinha muitas conhecidas, poucas amigas e nenhuma mulher que amasse. Seus hábitos eram regulares, e sua conduta, inofensiva. Sua morte era um mistério absoluto e, aparentemente, continuaria assim.

A prisão de John Mitton, o criado, foi um ato de desespero da polícia, para não dar a impressão de que nada fazia. Mas não havia acusação que se sustentasse contra ele. John Mitton visitara amigos naquela noite, e eles confirmavam seu álibi. É verdade que ele se despediu dos amigos num horário que lhe teria permitido chegar a Westminster antes de o crime ser descoberto, mas sua explicação, de que andara parte do caminho, parecia provável, pois a noite estava muito agradável. Ele chegou em casa à meia-noite, e pareceu transtornado pela tragédia inesperada. Sempre se deu bem com o patrão. Diversos objetos do falecido foram encontrados em suas gavetas, mas ele explicou o fato dizendo que eram presentes do Sr. Lucas, o que foi confirmado pela governanta. Mitton estava naquele emprego há três anos. A polícia estranhou que Lucas não o levasse em suas viagens ao continente. O falecido costumava ir a Paris, onde às vezes passava até três meses, mas Mitton ficava cuidando da casa na Rua Godolphin. Quanto à governanta, ela nada ouvira na noite do crime. Se o patrão recebera alguma visita, ele mesmo tinha aberto a porta.

Assim, o mistério continuou durante três dias, pelo que eu podia acompanhar nos jornais. Se Holmes sabia de algo mais, estava guardando para si mesmo. Mas, como me contou que o Inspetor Lestrade o chamara para colaborar no caso, eu sabia que ele estava em contato com todos os novos desdobramentos. No quarto dia apareceu um longo telegrama de Paris que parecia resolver toda a questão.

"A polícia de Paris acaba de fazer uma descoberta", informava o *Daily Telegraph,* "que levanta o véu que encobria o trágico destino do Sr. Eduardo Lucas, violentamente assassinado na noite de segunda-feira, em sua casa na Rua Godolphin, Westminster. Nossos leitores devem se lembrar de que o falecido foi encontrado esfaqueado em sua sala, e que inicialmente suspeitou-se do criado. Contudo, a acusação não foi adiante devido a um álibi. Ontem, uma senhora conhecida como Sra. Henri Fournaye, que ocupa uma pequena mansão na Rua Austerlitz, foi considerada louca por seus empregados e entregue às autoridades. O exame médico mostrou que ela realmente desenvolveu um tipo perigoso e permanente de mania. Durante a investigação, a polícia descobriu que a Sra. Henri Founaye voltou de Londres na última terça-feira, e há provas que a ligam ao crime de Westminster. Uma comparação de fotografias provou definitivamente que seu marido, o Sr. Henri Fournaye, e Eduardo Lucas eram a mesma pessoa. O falecido, por alguma razão, levava vida dupla em Londres e Paris. A Sra. Fournaye, que é originária da América Central, é extremamente emotiva e já sofreu, no passado, de ataques de ciúmes que beiraram um frenesi. Conjectura-se que foi num desses ataques que ela cometeu o terrível crime que causou sensação em Londres. Seus movimentos na noite de segunda-feira ainda não foram determinados, mas sabe-se que uma mulher parecida com ela, na manhã de terça, atraiu muita atenção na estação de Charing Cross, devido à sua aparência assustadora e ao comportamento violento. É provável, portanto, que o crime tenha sido cometido por causa da loucura, ou que esta seja consequência imediata do acontecido. No momento, ela é incapaz de dar um depoimento coerente, e os médicos não têm esperanças de que sua lucidez se restabeleça. Há evidências de que uma mulher, que podia ser a Sra. Fournaye, foi vista rondando a casa da Rua Godolphin durante algumas horas na noite de segunda.

– O que acha disso, Holmes? – perguntei ao terminar de ler a reportagem para ele, que tomava o café da manhã.

– Meu caro Watson – ele disse, levantando-se e andando pela sala. – Sei que está sofrendo com sua curiosidade, mas se não lhe contei nada nos últimos três dias é porque não tenho nada para contar. Mesmo esse caso de Paris não nos ajuda muito.

– Mas é decisivo quanto à morte de Lucas.

– A morte dele foi um mero incidente, um episódio trivial, em comparação com nossa verdadeira missão, que é encontrar o documento e evitar uma catástrofe para a Europa. Somente uma coisa importante aconteceu nos últimos três dias: nada aconteceu. Recebo relatórios de hora em hora do governo, e nenhum problema está surgindo, em nenhum local da Europa, relativo à carta. Agora, se ela estivesse perdida... não, ela não pode estar perdida. Mas, então, onde está? Por que a estão mantendo? Essas são as perguntas que me vêm martelando a cabeça. Foi realmente uma coincidência que Lucas morresse na mesma noite em que a carta desapareceu? A carta chegou até ele? Então por que não estava entre seus papéis? Será que sua mulher enlouquecida levou a carta consigo? Caso positivo, está em sua casa em Paris? Como eu poderia revistá-la sem que a polícia francesa suspeitasse? Este é um caso, Watson, em que a lei é tão perigosa quanto os criminosos. Todos estão contra nós, e os interesses envolvidos são colossais. Se eu conseguir solucionar o problema, esta será a coroação da minha carreira. Ah, novidades do front! – Holmes olhou rapidamente a nota que acabara de receber. – Ah! Parece que Lestrade encontrou algo interessante. Pegue o chapéu, Watson, e vamos dar um pulo em Westminster.

Aquela foi minha primeira visita à cena do crime – uma casa grande, formal e sólida, como o século em que foi construída. A cara de buldogue de Lestrade virou-se para nós na janela superior. Ele veio nos cumprimentar, assim que um policial corpulento abriu a porta e nos deixou passar. A sala em que estávamos era onde o crime fora cometido, mas não restava nenhum sinal dele, a não ser pela mancha feia e irregular no tapete. Este era pequeno e quadrado, colocado no meio da sala, cujo piso era de lindas e antigas placas de madeira encerada. Sobre a lareira havia uma magnífica coleção de armas, sendo que uma delas tinha sido usada naquela noite trágica. Perto da janela ficava uma escrivaninha suntuosa, e cada detalhe do aposento, os quadros e demais objetos, apontavam para um gosto tão luxuoso que beirava o efeminado.

– Já soube das notícias de Paris? – perguntou Lestrade.

Holmes sinalizou que sim.

– Parece que nossos amigos acertaram desta vez – continuou Lestrade. – Parece que é como eles dizem. Ela bateu na porta, visita surpresa, imagino, pois ele mantinha suas vidas em compartimentos estanques. Ele a fez entrar, afinal, não podia deixá-la na rua. A mulher contou como o seguiu, brigou com ele, uma coisa leva à outra, aquela adaga por perto e a coisa aconteceu. Não deve ter sido tão rápido, pois as cadeiras foram jogadas para lá e ele segurava uma delas como se tentasse afastar a assassina. A situação me parece tão clara como se eu tivesse assistido a tudo.

Holmes arqueou as sobrancelhas.

– E mandou me chamar mesmo assim?

– Ah, sim, mas é outra história. Uma bobagem, mas é o tipo da coisa de que você gosta, estranha e até assustadora. Não tem nada que ver com o fato principal. Não pode ter, em face do que aconteceu.

– O que é, então?

– Bem, você sabe, depois de um crime destes, temos muito cuidado em manter as coisas no local. Nada foi mexido. Policial de guarda dia e noite. Esta manhã, já que a vítima foi enterrada e as investigações terminaram, pelo menos no que diz respeito a esta sala, pensamos em arrumar um pouco o local. Este tapete, como vê, não está preso, fica apenas jogado aí. Nós o levantamos e descobrimos...

– Sim? Descobriram...

O rosto de Holmes ficou tenso com a expectativa.

– Bem, tenho certeza de que você não adivinharia nem em cem anos. Vê a marca no tapete? Ora, um bocado de sangue deve ter passado para o outro lado, concorda?

— Sem dúvida.

— Então vai ficar surpreso ao ouvir que não há mancha correspondente na madeira de baixo.

— Não há mancha! Mas tem de...

— É verdade, é o que se imagina. Mas o fato é que não há.

Lestrade pegou a ponta do tapete e, virando-o, comprovou o que falava.

— Mas o lado de baixo está tão manchado quanto o de cima – disse Holmes. – Tem de haver mancha na madeira.

Lestrade riu, alegre por ver o famoso perito confuso.

— Agora vou lhe explicar – ele disse. – Existe uma segunda mancha, no piso, mas ela não corresponde à outra, no tapete. Veja você mesmo.

Ao falar, Lestrade virou outra parte do tapete. Lá estava o grande borrão vermelho, no chão.

— O que acha disso, Sr. Holmes?

— Ora, é muito simples. As duas manchas correspondiam, mas o tapete foi virado. Como é pequeno e não estava preso, isso foi fácil.

— A polícia não precisa de sua ajuda, Sr. Holmes, para dizer que o tapete foi virado. Isso é muito claro, pois uma mancha fica em cima da outra se virarmos o tapete. Mas o que eu quero saber é quem virou o tapete e por quê.

Pude ver, pelo rosto rígido de Holmes, que ele vibrava por dentro.

— Olhe aqui, Lestrade – disse –, o policial no corredor ficou de guarda na sala o tempo todo?

— Ficou, sim.

— Então, faça o que eu digo. Interrogue-o com cuidado. Mas não na nossa frente. Nós esperamos aqui. Leve-o para a sala dos fundos. Vai ser mais fácil conseguir uma confissão dele se estiver sozinho. Pergunte-lhe como ousou deixar alguém permanecer aqui sozinho. Não pergunte se ele fez. Diga que você sabe que alguém esteve aqui. Pressione-o. Diga-lhe que a confissão é a única forma de se safar. Faça exatamente o que estou lhe dizendo!

— Por Deus, se ele sabe de algo vou arrancar dele! – exclamou Lestrade disparando pelo corredor. Alguns instantes depois, ouvimos sua voz intimidativa na sala dos fundos.

— Agora, Watson, agora! – exclamou Holmes, frenético. Toda a força daquele homem, que descansava sob suas maneiras educadas, foi liberada numa explosão de energia. Ele puxou o tapete de onde estava e começou a puxar com os dedos as bordas de cada placa de madeira. Uma delas abriu-se como a tampa de uma caixa, revelando um buraco escuro. Holmes enfiou a mão por ali, mas tirou-a rosnando de raiva e desapontamento. Estava vazio.

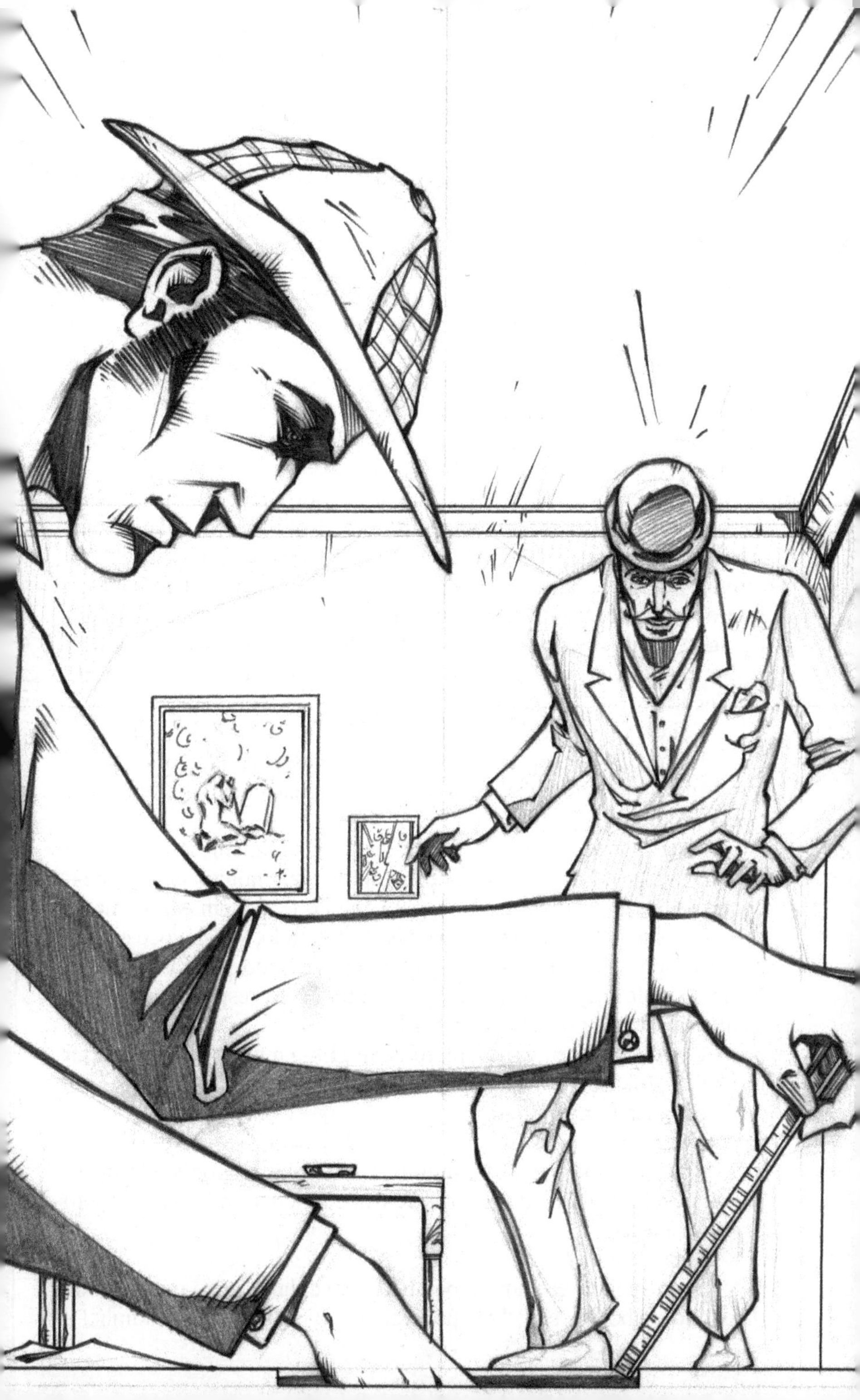

— Rápido, Watson, rápido! Vamos cobrir de novo!

A tampa de madeira foi recolocada e tínhamos acabado de assentar o tapete quando ouvimos a voz de Lestrade no corredor. Ele encontrou Holmes tranquilamente encostado na lareira, resignado e paciente, esforçando-se para esconder os bocejos.

— Desculpe fazê-lo esperar, Holmes. Posso ver que está morto de tédio com tudo isso. Bem, ele confessou. Entre aqui, MacPherson. Conte para estes senhores sobre sua conduta indesculpável.

O policial corpulento, vermelho e arrependido, entrou na sala.

— Não foi por mal, senhor, pode acreditar. A moça apareceu na porta na noite passada. Parece que errou de casa. Aí começamos a conversar. Sabe como é, ficar sozinho aqui, de guarda o dia todo.

— E o que aconteceu depois?

— Ela queria ver o local do crime; tinha lido a respeito nos jornais, foi o que disse. Era uma mulher muito respeitável, que falava bem, e não vi mal em deixá-la dar uma espiada. Quando viu a mancha de sangue no tapete, ela caiu e ficou lá parecendo morta. Corri até os fundos para pegar água, mas não consegui fazê-la se recuperar. Então fui até o bar da esquina comprar conhaque. Quando voltei ela já fora embora, com vergonha da cena que fez, imagino, e sem coragem de me encarar.

— Foi ela que mexeu no tapete?

— Bem, sim, senhor, estava todo amarrotado quando voltei. O senhor sabe, caiu por cima dele, que fica num chão encerado, sem nada que o segure no lugar. Então eu o arrumei.

— Que lhe sirva de lição, MacPherson, ninguém consegue me enganar — disse Lestrade. — Você achou que sua falha não seria descoberta, mas só de olhar para o tapete eu vi que alguém entrara nesta sala. Sorte sua, meu rapaz, que nada está faltando, senão você estaria agora no presídio da polícia. Sinto tê-lo chamado para assunto tão trivial, Sr. Holmes, mas pensei que a falta de correspondência entre as duas manchas poderia interessá-lo.

— Com certeza foi muito interessante. Essa mulher só esteve aqui uma vez, policial?

— Sim, senhor, só uma.

— Quem era?

— Não sei o nome, não, senhor. Ela estava respondendo a um anúncio pedindo datilógrafas, mas veio ao número errado. Moça muito agradável e gentil.

— Alta? Bonita?

— Sim, senhor, era uma moça bem crescida. E acho que se pode dizer que era bonita, sim. "Ah, policial, deixe-me dar uma olhadinha!",

ela disse. Tinha modos graciosos, como se diz, e pensei que não faria mal em deixá-la espiar pela porta.
– Como estava vestida?
– Discretamente, com uma capa até os pés.
– A que horas foi isso?
– Estava começando a escurecer. Estavam acendendo as luzes quando voltei com o conhaque.
– Muito bem – disse Holmes. – Venha, Watson, acho que temos afazeres mais importantes.

Lestrade permaneceu na sala enquanto saíamos da casa. O policial arrependido foi abrir a porta para nós. Holmes voltou-se e mostrou algo para ele. O policial ficou pasmo.
– Deus do céu! – exclamou, espantado. Holmes pôs o dedo na frente da boca, guardou o objeto no bolso do paletó e começou a rir quando chegamos à rua.
– Que ótimo! – disse. – Venha, meu amigo, a cortina sobe para o último ato. Pode ficar aliviado porque não haverá guerra; o honorável Trelawney Hope não terá sua brilhante carreira política prejudicada; o indiscreto soberano que escreveu a carta não será punido por sua indiscrição; o primeiro-ministro não terá complicações políticas com que lidar e, com um pouquinho de tato da nossa parte, ninguém ficará nem um pouquinho pior por causa desse que poderia ter sido um incidente terrível.

Eu estava pleno de admiração por aquele homem extraordinário.
– Você resolveu o mistério! – exclamei.
– Nem tanto, Watson. Existem alguns pontos que ainda estão obscuros. Mas já sabemos tanto que só não resolveremos o resto se formos muito incompetentes. Vamos para Whitehall Terrace resolver a questão.

Quando chegamos à residência do secretário de Estado, foi *Lady* Hilda Trelawney Hope que Sherlock Holmes pediu para ver. Fomos levados à sala de estar.
– Sr. Holmes! – ela disse, mostrando indignação no rosto corado. – Isso é injusto e pouco generoso de sua parte. Eu desejava, como lhe expliquei, manter minha visita ao senhor em segredo, para que meu marido não pensasse que eu estava me intrometendo em seus assuntos. Assim o senhor me compromete, aparecendo aqui e mostrando que tem assuntos comigo.
– Infelizmente, madame, não tenho outra alternativa. Recebi a missão de recuperar um documento imensamente importante. Portanto, minha senhora, peço-lhe que faça a gentileza de entregá-lo para mim.

A mulher pôs-se de pé, a cor sumindo instantaneamente de seu lindo rosto. Seus olhos brilharam e ela cambaleou – pensei que fosse desmaiar. Então, num esforço supremo ela se recompôs e assumiu uma expressão de indignação e espanto.

– O senhor... o senhor está me ofendendo!

– Ora, ora, madame, não adianta negar. Entregue a carta.

Ela correu até a campainha.

– O mordomo vai colocá-los para fora!

– Não toque a campainha, *Lady* Hilda. Se o fizer, frustrará meus esforços para evitar um escândalo. Entregue a carta e tudo ficará bem. Se me ajudar, eu consigo ajeitar a situação. Se ficar contra mim, terei de contar a verdade a seu respeito.

Ela permaneceu desafiadora, uma figura majestosa, com os olhos fixos nos de Holmes, como se pudesse ler a alma dele. Sua mão estava na campainha, mas ela não a tocou.

– Está tentando me assustar. Isso não é atitude de homem, Sr. Holmes, vir aqui intimidar uma mulher. O senhor diz que sabe de algo. O que é?

– Por favor, sente-se, minha senhora. Vai se machucar se cair. Não vou falar até que se sente. Obrigado.

– Dou-lhe cinco minutos, Sr. Holmes.

– Um é suficiente, *Lady* Hilda. Sei que visitou Eduardo Lucas, entregou-lhe o documento, voltou lá na noite passada e conseguiu, engenhosamente, recuperar a carta do esconderijo sob o tapete.

Ela ficou olhando para ele, totalmente pálida, e precisou engolir em seco duas vezes antes de conseguir falar.

– O senhor é louco! Louco! – exclamou, finalmente.

Ele pegou uma fotografia no bolso. Era o rosto de *Lady* Hilda.

– Levei isto comigo porque pensei que seria útil – disse. – O policial a reconheceu.

Ela gemeu e deixou a cabeça cair para trás.

– Vamos, *Lady* Hilda. A senhora está com a carta. Ainda podemos ajeitar as coisas. Não tenho interesse em prejudicá-la. Meu dever termina ao devolver a carta perdida ao seu marido. Siga meu conselho e seja sincera comigo! É sua única chance.

A coragem daquela mulher era admirável. Mesmo naquele momento ela não admitia a derrota.

– Pois digo-lhe novamente, Sr. Holmes, que criou uma fantasia absurda.

Holmes levantou-se.

– Sinto muito pela senhora, *Lady* Hilda. Fiz o melhor que podia, mas vejo que foi em vão.

Ele tocou a campainha e o mordomo apareceu.

– O Sr. Trelawney Hope está em casa? – Holmes perguntou.

– Ele estará em casa às quinze para uma.

Holmes consultou o relógio.

— Ainda temos quinze minutos — disse. — Muito bem, vamos esperar.

O mordomo mal fechara a porta e *Lady* Hilda ajoelhou-se aos pés de Holmes, com as mãos estendidas e o belo rosto molhado de lágrimas.

— Oh, poupe-me, Sr. Holmes! Poupe-me! — ela pediu, num frenesi de súplicas. — Pelo amor de Deus, não lhe conte. Eu o amo tanto! Nunca faria mal a ele, e sei que isto acabaria com meu nobre marido.

Holmes levantou a mulher.

— Agradeço-lhe, minha senhora, que tenha recobrado o juízo. Não temos um instante a perder. Onde está a carta?

Ela correu para uma escrivaninha, destrancou-a e retirou um grande envelope azul.

— Aqui está, Sr. Holmes. Gostaria de nunca ter visto este documento!

— Como poderemos devolvê-lo? — Holmes murmurou. — Rápido, rápido, precisamos pensar em algo. Onde está a caixa-arquivo?

— Continua no quarto.

— Que sorte! Rápido, madame, traga-a aqui.

Logo depois ela apareceu com uma caixa vermelha.

— Como a abriu antes? Tem uma cópia da chave? Claro que tem. Abra!

Lady Hilda tirou a chave do seio e abriu a caixa. Estava lotada de papéis. Holmes enfiou o envelope azul no meio deles. A caixa foi fechada, trancada e devolvida ao quarto.

— Agora estamos prontos — disse Holmes. — Ainda temos dez minutos. Estou indo longe demais para protegê-la, *Lady* Hilda. Em troca, conte-me sinceramente o verdadeiro significado desse caso extraordinário.

— Sr. Holmes, vou lhe contar tudo — prometeu a mulher. — Oh, Sr. Holmes, eu cortaria minha mão direita para não dar um instante de aborrecimento a Trelawney. Nenhuma outra mulher em Londres ama tanto seu marido quanto eu. Mas se ele soubesse o que fiz... o que fui obrigada a fazer, jamais me perdoaria. Pois ele estima tanto sua própria honra que não poderia permitir falhas nos outros. Ajude-me, Sr. Holmes! Minha felicidade, a felicidade dele, nossas vidas correm perigo.

— Rápido, madame, o tempo está acabando.

— Foi uma carta que escrevi, Sr. Holmes, uma carta indiscreta que escrevi antes do casamento. Uma coisa tola, de uma garota impulsiva e apaixonada. Não foi por mal, mas ele não perdoaria. Se Trelawney tivesse lido essa carta, nunca mais confiaria em mim. Faz anos que a escrevi. Pensei que estivesse esquecida. Então esse Sr. Lucas avisou-

-me de que tinha a carta e ameaçou mostrá-la ao meu marido. Implorei que não o fizesse. Ele disse que me devolveria a carta se eu lhe desse um certo documento que estava na caixa-arquivo de meu marido. Ele tem algum espião no Ministério que lhe contou sobre esse envelope azul. Lucas me garantiu que meu marido não seria prejudicado. Ponha-se na minha posição, Sr. Holmes! O que eu poderia fazer?
– Confiar no seu marido.
– Eu não podia, Sr. Holmes, não podia. Por um lado minha ruína parecia certa; por outro, embora parecesse terrível mexer nos papéis dele, eu não conseguia ver as consequências, pois tratava-se de política. Mas amor e confiança são bem claros para mim. Então eu aceitei, Sr. Holmes! Fiz um molde da chave e esse Lucas arrumou uma cópia. Eu abri a caixa-arquivo, peguei o papel e entreguei-o na Rua Godolphin.
– O que aconteceu lá, madame?
– Bati na porta conforme o combinado. Lucas abriu-a para mim. Eu o segui até aquela sala, deixando a porta da casa entreaberta, pois estava com medo de ficar sozinha com ele. Lembro-me de que havia uma mulher lá fora quando entrei. Logo concluímos nosso negócio. Ele estava com minha carta sobre a escrivaninha. Eu entreguei o envelope e recebi a carta. Nesse momento ouvimos barulho na porta e passos no corredor. Lucas rapidamente afastou o tapete e enfiou o documento em algum esconderijo no chão, cobrindo-o novamente em seguida.

"O que aconteceu depois parecia um pesadelo. Vi um rosto sombrio, frenético, acompanhado por uma voz de mulher que gritava em francês 'Minha espera não foi em vão! Peguei-o com ela!' E começaram a lutar. Ele agarrou uma cadeira, e uma lâmina brilhou na mão dela. Fugi daquela cena horrível, saí da casa e, somente na manhã seguinte, pelos jornais, fiquei sabendo o que acontecera. Mas estava satisfeita, porque conseguira a carta, mas não sabia ainda o que me aguardava.

"Foi no dia seguinte que percebi que trocara um problema por outro. A angústia de meu marido por perder o documento atingiu-me fundo. Eu mal conseguia evitar de me jogar a seus pés e contar-lhe o que fizera. Mas aquilo significaria uma confissão do meu passado. Fui procurar o senhor naquela manhã para tentar entender o tamanho da besteira que eu fizera. A partir do momento em que compreendi, só conseguia pensar em recuperar o documento. Ele devia continuar no local onde Lucas o colocara, pois foi escondido antes que aquela mulher horrível entrasse. Mas, se não fosse por ela, eu não saberia onde era o esconderijo. Como eu entraria naquela sala? Observei o local durante dois dias, mas a porta nunca era deixada aberta. Na noite passada tentei uma última vez. O que fiz e como, o senhor já sabe. Trouxe o documento comigo e pensei em destruí-lo, já que não havia como devolvê-lo sem confessar minha culpa a Trelawney. Céus, ouço os passos dele na escada!

O secretário entrou, agitado, na sala.

– Alguma novidade, Sr. Holmes? – perguntou.

– Tenho esperanças.

– Ah, graças a Deus! – seu rosto ficou radiante. – O primeiro-ministro veio para almoçar comigo. Ele pode compartilhar de suas esperanças? Ele tem nervos de aço, mas sei que, desde que a carta sumiu, não tem conseguido dormir. Jacobs, quer pedir ao primeiro-ministro para subir? Querida, este é um assunto de política. Já iremos nos encontrar com você na sala de jantar.

A atitude do primeiro-ministro era contida, mas eu podia ver, pelo brilho em seus olhos e pela agitação das mãos magras, que ele sentia o mesmo alvoroço interno que seu colega.

– Tem algo a relatar, Sr. Holmes?

– Apenas negativas – respondeu meu amigo. – Investiguei todos os lugares onde a carta poderia estar, e tenho certeza de que não há nada a temer.

– Mas isso não basta, Sr. Holmes. Não podemos passar a vida ao pé desse vulcão. Precisamos ter uma resposta conclusiva.

– Espero consegui-la. É por isso que estou aqui. Quanto mais reflito sobre o caso, mais convencido fico de que a carta nunca saiu desta casa.

– Sr. Holmes!

– Se tivesse saído, a esta altura já teria sido divulgada.

– Mas por que alguém a pegaria para deixá-la aqui?

– Não estou convencido de que alguém a pegou.

– Como, então, ela teria saído da caixa-arquivo?

– Não estou convencido de que ela saiu de lá.

– Sr. Holmes, essa piada é extremamente inoportuna. Garanto-lhe que ela não está na caixa.

– O senhor examinou a caixa desde a manhã de terça-feira?

– Não. Não era necessário.

– Talvez não tenha prestado atenção nela.

– Isso é impossível.

– Mas não estou convencido disso. Sei que essas coisas acontecem. Suponho que existam outros papéis lá. Bem, a carta pode ter se misturado com eles.

– Ela estava por cima.

– Alguém pode ter mexido na caixa e tirado os papéis da ordem.

– Não, não. Eu tirei tudo para fora.

– Isso pode ser facilmente verificado, Hope – disse o primeiro-ministro. – Mande buscar a caixa-arquivo.

O secretário tocou a campainha e o mordomo apareceu.

– Jacobs, traga a caixa-arquivo. Isso é uma perda de tempo, mas, se vai satisfazê-lo, vamos verificar. Obrigado, Jacobs, ponha aqui. Mantenho a chave sempre na corrente do relógio. Aqui estão os papéis, como podem ver. Carta de Lorde Merrow, relatório de *Sir* Charles Hardy, memorando de Belgrado, nota sobre os impostos sobre cereais russo-germânicos, carta de Madri, nota de Lorde Flowers... bom Deus! O que é isto? Lorde Bellinger! Lorde Bellinger!

O primeiro-ministro arrancou o envelope azul de sua mão.

– Sim, é este, e a carta está intacta. Hope, parabéns.

– Obrigado! Obrigado! Que peso foi tirado das minhas costas! Mas é inconcebível. Sr. Holmes, é um mago, um feiticeiro! Como sabia que ela estava na caixa-arquivo?

– Porque eu sabia que a carta não estava em nenhum outro lugar.

– Não consigo acreditar nos meus olhos! – ele correu, frenético, para a porta.

– Onde está minha mulher? Preciso lhe contar que está tudo bem. Hilda! Hilda! – Ouvimos sua voz na escada.

O primeiro-ministro olhou para Holmes com um brilho maroto nos olhos.

– Vamos lá, meu amigo – ele disse. – Aí tem mais do que parece. Como foi que a carta voltou para a caixa?

Sorrindo, Holmes esquivou-se do escrutínio daqueles olhos agudos.

– Também temos nossos segredos diplomáticos – ele disse, pegando seu chapéu e dirigindo-se para a porta.